義妹生活
三河ごーすと
illust Hiten
11
JN047718

「パンフレットとポスターを褒めてくれて嬉しいよ」
Ruka Akihiro
秋広瑠佳

綾瀬さんが思わずパンフレットと
彼女を見比べているけれど、
いやそこを見比べても、
わからないいんじゃないかな。
「あの……？」
「それ作ったの、あたしなんだ」

「もう少し先に
進んでも、いい？」

メイドの義妹

# 丸とゲームデザイン

文化祭の出し物、丸のクラスは脱出ゲームなんだってね

まあな。メイド喫茶だのは個人的に趣味じゃなくてな。ゴリ押した

そうなんだ？　ちょっと意外かも

店構えや衣装のレベルが気になって仕方ない。
こだわりの薄いものを見るとイライラしてしまう

凝り性だよねぇ～。脱出ゲームもこだわりまくってたし、
付き合わされるクラスメイトが気の毒だったよ～

お前は楽しんでただろう

私はね！ そーいうの好きだし！

まあ丸は自分が優秀なぶん、他の人に求める仕事のクオリティも高そうだよね

上司にしたら頼れるタイプ

しんどいタイプじゃない？

あー……

失礼なやつらめ。だがそのぶん良いゲームになったと思うぞ

丸ってゲームデザインもできたんだ

できたわけじゃない。調べて、勉強して、やった。それだけだ

ストイック

奥が深くて楽しいぞ。プレイヤーの視点誘導、
目的を見失わないよう導きつつ、説明的すぎない程度の塩梅を考える。
その上で小学校高学年の子でもヒントさえ見つけたら
自力で正解にたどり着けるような難易度に調整するんだ

最後のネタは小学生には難しいと思うけどなー

俺は小五で知ってた

どんなネタなの？

あのね、中学の国語の教科書にあった——

馬鹿。ネタバレするな。浅村たちにも当日、挑戦してもらうんだぞ!?

おっと、そうだった。おくち縫い縫い

ふーん、けっこう難しそう。燃えてきたね、浅村くん

うん。絶対に攻略しよう、綾瀬さん

# 義妹生活11

三河ごーすと

MF文庫J

Days with my Step Sister

# Contents



11

〔口絵・本文イラスト〕Hiten

尊い愛情と罪なる快楽の境界はどこにあるのか？　誰も知らないし、みんな知っている。

## ●プロローグ　浅村悠太

9月1日、水曜日。朝。

昨日で夏休みも終わり、今日から学校へと通う日々が戻ってくる。

それでも我が家の風景はいつもと変わらなかった。親父も亜季子さんも、そもそも長期の休みなどなかったし、俺も綾瀬さんも、夏休みだからと遅寝する性格でもなかった。

朝の食卓には亜季子さんを除いた3人——俺と親父と、それから綾瀬さん。亜季子さんはいつものように仕事明けで寝室で寝ている。食卓には目玉焼きと海苔と綾瀬さんの作る味噌汁。これもいつもどおり。

「沙季ちゃんの作るお味噌汁は相変わらずおいしいな」

親父が目を細めつつお椀を傾ける。はあ、と感動したとばかりに息をついた。わかる……が、反応が大げさすぎるだろうと、我が親ながらややあきれる。親父が亜季子さんと再婚することで同居が始まって、もう1年と3ヶ月にもなるというのに、毎朝のように義理の娘のお味噌汁に感動している。ところが、ここでいつもとちがうことが起きた。

「けど、悠太も料理がうまくなったよなぁ」

ぱくり、と今度は俺が焼いた目玉焼きにかぶりつきながら言ったのだった。

「目玉焼きでそこまで言われても」

「私もそう思うよ。兄さんの作る目玉焼き、焦げなくなったし、形も崩れなくなった」

綾瀬さんにまで言われて、俺は少々面映ゆくなる。

「この前のだし巻き卵は失敗したけどね」

「スクランブルエッグみたいだったやつ？」

うっと俺は息を詰まらせる。思い出すだけで恥ずかしい。

綾瀬さんの作るだし巻き卵はおいしくて、先日、自分でも作れるようになろうと俺は生まれて初めてのだし巻き卵に挑戦したのだった。レシピ通りに材料は整えたけれど、ちっともうまくできなかった。箸でつつけばぼろぼろと卵が崩れ、丸めようとしてもフライパンの底に貼りついた卵が剥がれてくれず、結果できあがったものといえば、巻けていないうえに幾つもの卵の塊が焦げつつも辛うじてくっつきあっているというシロモノで。

「あと何度か作ればコツを覚えられるんじゃないかな」

綾瀬さんにそう慰められて、俺は「だといいけど」と返しておいた。

「焦ってもしょうがないか」

「そう……だね。うん、そう。私もそう思うよ」

なぜかしみじみした口調で綾瀬さんは言ったのだけれど、ひょっとしたらそれは料理のことだけじゃなかったのかもしれない。

俺はこの夏の勉強合宿のことを思い出していた。

レベルの高い人たちに囲まれて焦りが生じ、睡眠もロクに取れなくなってかえって勉強の効率を落としてしまって。そこまでして行きたいと思っていた大学への進学理由が自分の為ではなかったと気づいたときの情けなさたるや。

進学先は「行ける範囲でより良いところへ」という方針でこれまでやってきた。だけどそれでいいのか、いまさらながらに悩んでいるというのが本音だ。志望校を本当に慶陵に定めていいのか、自分が本当に望む学部はどこなのか。9月のこの段階まで確定していないのは遅すぎるかもしれないが……現に定まっていなかったのだからしかたない。

藤波さんに指摘されて、俺はあらためて他人の為ではなく自分の為に、自分が良い就職をしたいから、自分が行きたいから——だから大学に行くのだ、と考え直した。

もちろん、綾瀬さんとの関係も良いものにしたいし、綾瀬さんと過ごす高校生活を大切にしたいという気持ちも大事にしたいけれど。

「そういえば悠太、沙季ちゃん。亜季子さんが三者面談の日付を気にしていたけど。そろそろじゃないかって。昨年は9月の終わりだったろう?」

「あー」

「日程はまだ聞いてないけど、同じくらいだと思います」

綾瀬さんが言った。

俺は綾瀬さんの隣でうなずきながら言う。

「沙季の言うとおりだと思う。で、その後はもう個人面談しかないって」

大学受験は受験生当人だけの問題ではない。大学への入学試験を受けるだけでも費用が掛かるわけで、受かれば学費も掛かる。地元から遠い大学に通うならば、下宿の費用も掛かるだろう。学費を奨学金で賄い、生活費をバイト代で解決するとしても、俺たちはまだ未成年であって、何をするにしても未だに親の庇護下にあるから自由にできるわけでもない。そのあたりの調整を図るのが三者面談の主旨でもある。

「君たちの進学先がどこであれ、できるかぎり協力したいとは思っているよ」

微笑みながら言われ、綾瀬さんは素直に頭を下げた。

「ありがとうございます。受かるよう、頑張ります」

「志望はそのままなんだね」

「はい」

綾瀬さんの第一志望は月ノ宮女子大学だ。そもそも、その大学の名前を綾瀬さんが認識したのが昨年の三者面談だったという。担任から勧められて意識した。だから、その場に居た亜季子さんも知っている。そのあとしばらくして綾瀬さんは月ノ宮のオープンキャンパスを訪ねた。そこでさらに強く意識するようになったらしい。

オープンキャンパスか……。

高校3年生の秋でオープンキャンパスに行くのは進学校である水星高校の生徒としては

かなり遅いというか、意識が低いけれど……。遅くても行かないよりはマシじゃないかとそのとき思った。

「悠太のほうはまだ考え中かい？」

「まあ、三者面談までにはもうすこし絞っておきたいかな。あと――」

俺は綾瀬さんと目を合わせる。綾瀬さんは黙ってうなずいた。

「――今年も、できるだけ沙季と同じ日にできないか訊いてみるよ」

「それは僕も亜季子さんも助かるけど……だいじょうぶかい？」

「俺たちはとくに気にしてないよ。知られて困ることでもないし、ね」

俺たちが義理の兄と妹であることは事実だ。確かに再婚の結果、同い年の妹が同じ学校にいきなり存在することになった、というのは色眼鏡で見られる要因になると思うけれど、俺たちはもう無理に外で他人として振る舞うことをやめたのだ。

「亜季子さんも喜ぶよ」

噂をすれば影で、寝室の扉が開いて亜季子さんが洗面所へと歩いて行くのが見えた。まだ寝巻姿のままだ。さっと親父が席を立つと、そのまま冷蔵庫の麦茶をコップに注いで洗面所から戻ってきた亜季子さんに手渡した。

そのまま何事か会話をしていたがすぐに親父は戻ってきた。

「面談の話は言っておいたよ。詳しい日程がわかったら教えてくれって」

「この時間に起きてくるのってお母さんにしては珍しいかも」

明け方に帰ってきて寝付くわけだから、たしかに朝食の時間なんていちばんぐっすりと眠っているころだ。綾瀬さんが言うと、親父がうなずいた。

「冷房を切ってしまうとさすがにまだ気温が高いからね。暑くて目が覚めちゃったんだろう。ちゃんと冷房を入れたほうがいいって言っておいたよ」

なるほど、手渡した麦茶は脱水症状予防か。

「お母さん、冷房苦手だから……」

とはいえ寝ていても水分は失われるのだから、いくら9月になったとはいえ日中はまだまだ脱水の危険がある。親父の言うようにしっかり温度設定をして冷房は入れておくべきだろう。水分補給も忘れずに。

「僕が暑がりですぐ冷房を入れてしまうけど、亜季子さんは寒がりだからねぇ。まあ冬は冬で僕は暖房が苦手なんだけど」

「じゃあ、暖房を切っちゃってるってこと？」

「いや、僕のほうはそこまでするほど苦手じゃないからさ」

そう言ってにこにこしているんだが、これはもしかしてのろけなのか？

「亜季子さんのほうが昼夜逆転する生活だからね。僕以上に、体調管理には気をつけたほうがいいと思うんだ」

「お義父さんもお仕事忙しいんだから、もっと自分の体を労ってほしいな……って、お母さん言ってましたよ」

「そ、そうかい。うんまあ、もちろん気をつけるけれども」

まさか箸をもったまま頭の後ろをかりかりと掻いて照れまくる親父を見ることになろうとは。これも1年前には思いもよらなかったことだった。

はいはい。相変わらず仲がいいなぁと思う。

親父には前の母とうまくいかなくなって離婚したというトラウマがあるから、こうしてふたりが仲良くしていることは俺だって嬉しい。嬉しいのだが、朝からいそいそと亜季子さんに麦茶を手渡すのは良いとして、ありがとうと言いながらネクタイの歪みを甲斐甲斐しく直されているのを見せつけられると、高3の息子と娘がいる夫婦とは思えないというか、若いというか。

なんとなく自分の制服のネクタイが気になって、首許に手をやりいじってみた。

そのとき、テーブルの下で、俺はすねを3回、トン、トン、トン、と足で軽くつつかれた。つついてきたのは綾瀬さんだと認識する。合図だ。俺も同じ気持ちだったので、軽くつつき返す。トン、トン、トンと3回。

「ごちそうさま。おいしかったよ」

親父が言って食べ終えた食器を抱えて席を立つ。

「流しに置いていってくれれば私たちで洗っておきますよ」

「そうかい。わるいね」

「いえ。まだ忙しいんですよね、お義父さん」

「まだちょっとね。じゃあ行ってくる」

仕事が詰め込まれているのだろう、いつもよりも五分は早い時間に食べ終わっているにもかかわらず、親父は焦った顔で鞄(かばん)を抱えて家を飛び出していった。

俺と綾瀬さんは親父の背中に行ってらっしゃいの声を掛けた。

それから自分たちの食事に戻る。

洗い物を終えてから家を出る準備をする。

俺たちは、ドアから出る直前に互いの両腕を背中に回して体を寄せ合った。

俺と綾瀬さんの間には、夏祭りから新しいルールがひとつ追加されている。

ふたりのどちらかにぬくもりを感じたいという気持ちが芽生えたときに、それが押し付け合いにならないよう、同意を求めるサインを作ったのだ。ちょっとスパイごっこのようで、ある意味で子どもっぽい行為ではある。けれど俺たちは、まだ大人びて見られたとしても高校生で、こういう秘密の合図みたいなことにまだまだ憧れる歳(とし)でもあるわけで。

互いに体を寄せ合ってそのまま目を閉じる。綾瀬さんも、先ほどの親父が亜季子さんを大切にしている様子を見て、なにかしら思うことがあったのだと思う。互いのぬくもりを感じてからほんの数秒ほどで俺たちは身体を離す。

もし俺たちが抱き合っていた時、寝ている亜季子さんが起きてきたら、あるいは親父が忘れ物をして取りに帰ってきたら。

見られてしまうかもしれないけれど。それでもなお、俺たちにとってはこの数秒の時間が大切なことだった。

もしかしたら心の奥のどこかで、見つかってもいい、いや、むしろ見つかってほしい、という気持ちがあったのかもしれない。

「じゃ、行こうか」

「待って」

言いながら、すらりとした綾瀬さんの両手が俺の首許まで伸びて、ネクタイを掴みながら言う。

「曲がってるよ」

「あ、うん。……ありがとう」

俺たちはふたり並んで学校へと向かった。

義妹であり恋人でもある彼女との、二度目の秋が始まる。

## ●9月15日（水曜日）浅村悠太

「夏だな」

雲ひとつない真昼の青い空を見上げながら丸がサンドイッチにかぶりついた。

すこしずつ空は高くなっていたけれど、まだ日差しは強い。

釣られて俺も天を仰ぐ。吹きさらしの渡り廊下の片隅で、俺と丸はふたりそろってぼんやりと空を見上げていた。風が心地いい。

校舎と第2校舎を繋ぐ廊下が中庭の端を通っていて、昼休みのいまは庭の芝生に設置されたベンチを求めて生徒たちがやってくる。俺と丸も久しぶりに一緒に飯でも食べようかと、購買でパンと飲み物を手にしてから空きベンチを求めてやってきた。

けれど、残念ながら先客でベンチは埋まっていた。しかたなくこうして中庭を見下ろす二階の渡り廊下の真ん中で、ぽつんとふたり、日差しを浴びながらまったり話していた。

「夏、って、でももう9月も半分終わったけど？」

「暦の上ではもう秋だが、天文学的には9月の15日はまだ夏だ」

丸が、チェシャ猫みたいなニヤニヤ笑いを浮かべながら、紙パックのジュースをちゅうと啜った。

「ま、夏でいいか」

「いい。そのほうが受験まで余裕があるような気がするからな」

そう丸が言ったのだけれど、高3の9月にその余裕は必要なんだろうか。

「俺は気がするだけじゃなくて、ほんとの余裕がほしいよ」

「そんなもん、誰ももちあわせとらん。余裕がありそうなやつらは、余裕があるふりをしているだけだ」

敵の心理分析に長けていると評判の元野球部正捕手が言った。

「そう、かな」

「そう思っておけ。呑まれると負けるぞ」

でも、その言い方そのものが、丸自身もプレッシャーを感じていることの証に他ならないような気もするけど。

丸の隣で紙パックのジュースをちゅうと啜った。

中庭のほうから吹いてきた風がグラウンドのほうへと流れていく。芝生を撫でて縞模様の波を作った風は、渡り廊下を歩く女子のスカートを揺らし、髪を揺らし、うなじを撫でて水星高校を通り抜けてどこかへと去っていった。

俺と丸は黙ったまましばらく並んで、吹き抜ける風に身を任せる。

「久しぶりだな」

「ん？」

「浅村とこうしてゆっくりと話すのも久しぶりだと思ってな」

ああ、確かにそうか。

クラスが別々になってから、丸とじっくりと語り合う時間は確かに減ってしまった。同じクラスだったときには会話をしていたクラスメイトの何人かとは、クラス替えをしてから未だに言葉を交わせていない。

丸とも最近はあまり話す機会がなかった。丸は、夏の最後の大会に向けて忙しかったし、夏休みに入ってから俺も受験勉強に全集中だったのもあって、友人としての時間はほぼ過ごしてこなかった。

「最近、どう？　野球部を引退してから。元キャプテンとしては後輩たちが気になる？」

「うちには優秀な2年がいるんでな。心配はしとらん」

「大会……残念だったね」

「力不足。それだけだ」

丸はそう淡々と言ったけれど、悔しくなかったはずはない。甲子園地方予選の敗退後、燃え尽き症候群みたいになっていた。たまに着信するメッセージでも、やる気が出ない、勉強をする気になれないと零していた。

それが変わったのが夏休みの中途あたりからだ。

俺が勉強合宿から帰ってきた頃からだろうか。受け取るメッセージもポジティブなものが増えていた。だからまあ心配はしていなかったのだけど。

「そういえばおまえと綾瀬（あやせ）は花火大会に来なかったな」

「ん？」

「さすがに遊んでいる余裕はなかったか？」

「あー。まあ、そう……だね。そこまでの余裕はなかったかなー」

実際、遊びに行く余裕は7月のデイキャンプ以外にはなかった。ただ、花火大会は実は綾瀬さんと一度だけ行っている。その花火大会の存在を綾瀬さんは奈良坂（ならさか）さんから教えてもらったらしい。

もしかして、その奈良坂さん主催の集まりに丸（まる）も居たんだろうか？

普段は誰と誰が会っていたかとかは気にしない性質（たち）なのだが、なんとなく気にならないと言えば嘘（うそ）になる。綾瀬さん絡みだからかな。

「そうか。賭けは負けだな」

「……どういう話？」

「てっきり綾瀬とふたりきりで行ったと思ったもんでな」

さすがは心理戦の鬼の野球部主将。動揺させて真相を引き出そうという魂胆か。

「どんな賭けをしてたのかわからないけど、負けて残念だったね」

そう躱（かわ）すと、丸はふんと鼻を鳴らしただけでそれ以上は問い詰めてこなかった。

「まあ、そういうことにしておいてやる」

……やっぱりばれてるのかな。この反応は。

「浅村らしいな」

「え？」

「そこらの男どもなら、綾瀬と花火大会に行ってたら、友人どころか学校中で言いふらしてるだろうよ」

「なんで？」

「美人のカノジョってのは男同士の間では自慢できるからだろ」

「え？」

素でわからなかったのだが、そういうものなのだという。

「丸も？」

「前にも言ったが、俺は綾瀬のようなタイプは苦手でな。まあ、話してみれば、おまえの言うように悪いやつではないのかもしれんが……」

「兄としては太鼓判を押すよ。綾瀬さんはいい子だと思う。しっかりしてるし。なんなら、俺よりもね」

丸は俺と綾瀬さんが義理の兄妹だと知っているので、これくらいは問題ない。

「そうかもしれんな」

「……そこ、ちょっとは反論してくれてもいいよ？」

話題を変えよう。

「まあ、もう受験も目の前だからね。もうすぐ文化祭もあるけど。それが終わると、受験一直線だろうなぁ」

「観ようと思っていた夏アニメも半分ほどしか消化できとらんのが悔やまれる……」

「俺も積み本が溜まってるよ。というか、半分も観れてるんだ」

「ルーティンワークを崩すのは悪手だからな。平常心を保たねば解ける問題も解けなくなる。まあ、息抜きには丁度いい」

息抜きにアニメを大量に観ていながら大学に受かったら凄いと思うが。

「なんとかなりそう？」

俺は丸に訊いた。答えはなんとなく予想できてはいたが。

「東大Ｂ判定は確保してある」

俺は思わずまじまじと親友を見てしまった。現役でそれは凄すぎる。

「私立も受けるの？」

「いちおうな。滑り止めで早稲穂、慶陵を考えている」

「そこ、滑り止めっていうレベルじゃないけど」

「まあ。ようやくやる気も出てきたんでな。狙えるいちばん上を狙ってみるつもりだ」

すっかり受験モードのスイッチが入ったらしい親友は空を見上げながら決意を口にした。

さっき丸はこう言った。おまえは花火大会に来なかったな、と。

つまり彼は花火大会に行ったということだろう。なんとなく俺は、そういう気晴らしができたから気分を切り替えられたのかもな、と思った。

迷いのない横顔を見て、丸はもう切り替えて次に進むべき道を見ているんだなと感じる。

それがどんな道なのか。俺はまだ聞いてはいないけど。

「そっか。頑張れ」

丸のことだから、明確な目標を立てた上で進学先を選んだのだろう。

進学先、か。

「人のことを心配しているが、おまえはどうなんだ、浅村(あさむら)」

「うん。いまさらなんだけど、大学に行って自分は何をしたいのか、とか考えちゃって」

「いまどき、そんなの決まってるやつのほうが珍しいと思うぞ」

「でも、丸は決まってるんでしょ」

「まあな。だが在学中に途中で気が変わるかもしれん。……そうだな。変わってもいいのだと思う」

俺は丸の言葉を聞いて首を傾(かし)げる。どういう意味だろう。

「進学って、将来に繋(つな)がる大事なことだと思うんだけど」

「焦りは視野狭窄を生む。それは選択肢を狭める。親に言われたことがあるんだ。大学はゴールじゃないぞってな」

丸が親のことを言うのは初めて聞いた気がする。

「なる……ほど？」

「親父には、こうも言われたな。気持ちが変わることを恐れるなと。大学で将来のすべてが決まると思わないほうがいいと」

「それは……そうかもだけど」

　でもなあ。そんなふうに考えられるほど俺たちには余裕がないのも事実なわけで。ここで失敗したら人生終わり、ってくらいに思いつめちゃうのが受験だ。どこの大学に行ってもリカバリーできるさ、という楽観視を信用できるほどは俺たちに人生経験はない。

「とはいえ、目標があるとモチベが高まるのも事実だな。浅村はつまり何をしたらいいかわからない状態ということだな？」

　俺はうなずいた。まったくもってその通り。いまさらだけど、自分が大学で何をしたいのか、何をすべきなのか見失っている感じだ。

「なんか漠然としちゃっててさ」

「ふむ。そうだな」

「なんかアドバイスある？」

藁にもすがるとはこのことだ。いや丸を藁だと言いたいのではなく。

「言語化すること、だな」

「と、言うと？」

「人間というのは、考えるという行為が苦手な生き物でな」

「考えるという行為が苦手……」

丸らしいおもしろい言い回しだな、と思った。

「頭の中でだけこね回していると堂々巡りをしていることに気づかなかったりするわけだ。なので、言語化する。具体的に言えば、紙に書きだしてみる」

「なにか違いが？」

「ある。実際に自分の頭の中を紙に文字として出力してみることであらためて整理できたりするものだ。メモ程度でもいい。日記とか備忘録でもいいぞ」

「日記かあ」

そういえば日記とかつけたことなかったな。

自分の頭の中を整理すること、か。

やってみようか。

渡り廊下を吹き抜ける風が、いつのまにか止んでいた。

昼休みを終えて午後の授業が始まった。

日本史の担当教師は学内でも変わり者で知られていて、型破りな人物というのはどこにでもいるものだなと思う。目の前で教科書の範囲から華麗に脱線していくのを見守りながら、さてこの時間をどう有効活用しようかと俺は考えていた。

この調子だと、残り時間30分、絶対に雑談で終わる。

まあ、クラス全員が覚悟していた。この先生が担当する日本史は毎年、時間が足らずに近代が駆け足で済まされると。部活をやっている人間を通して、先輩諸氏から口伝として伝わってきている。授業の3回に1回はこうして派手に脱線するのだから、教科書の進みが遅れるのはやむを得ない。そのくせ、定期試験の範囲は指導要領に準じてきっちり組み立てられているのだ。

脱線していく日本史をにこにこ笑顔で聞いている綾瀬(あやせ)さんを見やる。楽しそうだ。歴史が好きだという彼女は、教科書の範囲を越えて語られる脱線こそが本線だとばかりに満足げに聞いている。それどころか質問までしている。そういえば前回の脱線は平安女流作家同士の交流についてで、家に帰ってきてからも面白かったねと繰り返していた。俺は生憎(あいにく)と話半分で聞いて、他の教科の内職をしていたから会話に付いていけなかったけれど。

今回も教師の講談のような話を耳の片側で聞き流しながら、さて残りの時間を受験生としてどう有効に使うべきかと……。いや待て。こういうときこそ丸(まる)に言われたように己の思考を整理する時間に当てられるのではなかろうか。

俺は、何を重視しているのか。

これから何をしたいのか。

ノートの空きページを開いてシャープペンを握りしめる。さて……。

頭の中身か。

まず、俺は何が好きなんだろう？　好きなもの……。

——本が好き。

正確に言えば読書が好き、か。物体としての本にさほどの愛着があるほうではなかった。電子でも紙でもどちらでもいい。俺は『本が好き』と書いた一行の下に『読書』と丸で囲んで矢印を引いてみる。

そこからさらに思考を発展させてみる。

俺はなんで読書が好きなんだろう。好きな本のタイトルをあれこれと思い返してみる。

そういえば小説以外だとノウハウ本とかも読むの好きなんだよな。なるほど、こういう考え方もあるのか、って新鮮な物の見方が得られるから。偏見とか視野狭窄（きょうさく）から自分を守ってくれる気がするし。

——新しい考え方に触れるのが好き。

なのかもしれないな。

そこで俺はいちど思索を切った。顔を上げて周りを見回してみる。うっかり授業が再開していたら大変だ。だが、思ったとおりに教師の脱線はつづいていた。

好きなもの……好きなものか。

『珈琲（コーヒー）』『担々麵』『麻婆（マーボー）豆腐』……あれこれ思いつくまま書き出してみた。主に食べ物だけど。辛い物が好きだった。一気に俗っぽくなったけど、まあ、好きだ。あまり食べ物に好き嫌いはないほうなので、強いて言えば、くらいの好きだけれど。好きなもの……。好きなもの、か。こういう物質的なものはあまり思い浮かばないな。

自分の部屋を思い浮かべてみる。何が転がっているだろう。

本はやたらと増えつつあった。収納スペースに限りがあるから、最近はできるだけ電子書籍にしているのだけど。しかし、本以外はあまり物は転がっていない。丸（まる）みたいにフィギュアとかアクリルスタンドとかを集める趣味もない。オーディオもあまりこだわりはないし、アニメも映画も見るけれど、サブスクで見られる範囲以上には観（み）ていない。

好きなもの……。

――沙季（さき）。

っと、これはさすがにノートに文字で書くのは恥ずかしい。いやでも、丸の言うとおりこういうことを脳内でだけ完結させるから思考が進まな……。いやいや誰かに見られたら恥ずかしすぎる。……ええと、と躊躇（ためら）ってから俺は余白に小さく『ＳＡＫＩ』と書いた。

これならぱっと見てもわからないだろう。これで勘弁してもらおう。誰に謝ってるのか謎だけれど。

とにかく思考を進めないと。

好きなものはこれくらいにしておいて。

つまり――俺はノートを睨みつけて考える――こういう好きなものを持っているのが俺という人間なわけだ。で、俺は何がしたいのか。

――なるべく早くに自立したい。

何故か？

綾瀬さんの支えになれる。親父の負担を軽減できる……から？

そんなことをつらつら書いて、書いたものを見て気づく。

待て待て待て。これは俺がしたいこと、ってわけじゃないだろ。

もし、綾瀬さんと出会わなかったら？　もし、親父が石油王だったら？　そういう状況だったら、早く自立したい理由がぜんぶ消えてしまう。そのときの俺は、何もしたいことがない自分になってしまうってことだ。つまり、綾瀬さんと知り合う前、高校1年のときの俺には将来のやりたいことが何もなかったってことか？　そうだったか？　藤波さんに言われたように自分の行動の動機を外に無理やり作っていないか？

綾瀬さんが大切なことも親父に楽をさせたいことも、嘘じゃないし大事なことだとは思う。それも今の俺を形作ってることなのだし。

ただ、それだけじゃないだろ？

直感的に感じてしまう。俺は俺が何をしたいのかを隠している。自分でわざと見えなくしている。そういう感覚がある。感覚だけはある。だが——その正体は何だ？

うーん……わからない……。

仕方ない。したいことがわからないなら、次は俺ができそうなことを考えてみよう。

俺にできること……か。人付き合いは苦手……のつもりだった、が、最近はそうでもない。接客は得意。好き、というわけではないが、得意。というか慣れている。苦にしないと言ったほうがいいか。

書店のバイトをしていて、俺は本の並べ方を考えたりすることも好きなのだなと感じている。これは読売（よみうり）先輩に、書店に来る客がどういうふうに本を見つけて買っていくかについて教えてもらったことが大きい。つまり人間の行動には法則性があるという話で、個人の行動を予測することはできなくても、書店を訪れる客、という大雑把（おおざっぱ）な捉え方をすると本の並べ方にはセオリーがあるのだ。

売れる本はより目立つようにせよ、とかもそのひとつだ。

たくさん売れる本というのは、つまり本を熱心に探したりはしないライトな客にも売れる本ということだ。だから目立つところに目立つように置かなければならない。そうしないとライトな客には見つけてもらえない。

逆に熱心な少数の客にだけ売れる本、というものもある。そういう客はヘビーユーザーだから、多少目立たなくても自力で探し当てる。書店の奥にあっても問題ない。

読売先輩は少なくともそう思っているらしい。そして、その理屈に従って棚を整理しているのだと言っていた。おもしろい、と思ったし、俺もそういうことを考えるのは好きだった。これも得意かどうかはさておき、考えることを苦だと思ったことがない。

どうやら俺個人は、人間同士の付き合いを面倒くさいと思ってくるくせに、人間という生き物の行動そのものについて考えるのは好きで苦にしていないようだ。

ひととおり思考を書き連ねてから、一行空けて、今度は志望大学を書いてみる。

一ノ瀬大学、私大ならば、早稲穂、慶陵……。

就職に有利な範囲で、なるべく上の学部がいい。

やりたいことだけなら文学部になるのだろうけど、就職的には経済学部、法学部とかの方がいい……か？

そこで手が止まった。

……待てよ？　俺は自分の書いたノートをふたたび睨みつけた。

何かがおかしい。そもそも上の学部って何だ？　偏差値の高い学部ってことか？　たぶん、そうなんだろう。現代はまだ偏差値社会だし学歴社会なのだ。学歴の高いことが人生において有利……有利？　いや、有利かどうかっていま書きだすべきことか？

俺は思わず小さく息を呑む。なんで俺はこんなふうに考えた？

想像してみる。たとえば金を払ってやるから好きなものを食べていい。そう言われたら、できるだけ高い物を食べようとする。これはわかる。しかし、食べたい物が決まっているときに、もっと高い物が買えるからといってメニューを変えるか？　それは本末転倒じゃないのか？

いまは、何を食べたいのか——じゃなくて、ええと、俺は何をしたいのか。それを探るために、こうして考えを書きだしているはずなのに……。

どういう将来像を描いているのかと問いかけている最中に、「なるべく上の学部」とかふわっとした答えなんて何の冗談だ？　それはつまり、どこでもいい、就職希望先は入学してから考えます、って白状しているようなものだよな。就職先に大きな影響を及ぼすかもしれない学部選択なのに。

もちろん本当に何も決まってないならそれでいい。というかそれしかできない。

でもいま俺がしていることは素直に自分の頭の中を吐き出すことのはずだ。実現可能性とかは後回しにして——だ。

俺はちょっと絶望してしまう。

すべてがふわふわしていて中途半端すぎる。

なぜ、自分が何を学びたいのか、自分が何をしたいのか、それがこんなにも決まっていないのか。

先ほど丸（まる）から聞いた話を思い出した。

気持ちが変わることを恐れるな、というあの話だ。

ぞくり、と肌が粟立（あわだ）った。

これだ……。

気持ちが変わる。

俺はいままで、深く考えずに、とりあえず選択肢を拡（ひろ）げるためにより良い場所へ行くのが正解だと思ってきた。

ちがうのだ。深く考えなかったんじゃない。深く考えたくなかったんだ。

人生にはどうにもならないことがある。希望は必ずしも叶（かな）わない。俺はそれを、すでに小学生になる前に知ってしまった。小学校受験に失敗して。中学受験に失敗して。そして母親は家を出ていった。

愛情という気持ちさえ変わるのだ。神前で永遠を誓ったくせに。

だから望みをもつこと自体を諦めた。

何をしたいのかを決めなければ、叶わなくて傷つくこともなくなる。

まさか——そんな理由で俺は自分が何をしたいのかを考えることを放棄していたのか。

「いやまて……これ、自分の将来をどうしたいかって話だよな……」

思わず声が漏れてしまい、はっとなって辺りを見回したけれど、どうやら誰にも聞こえていなかったようだ。助かった。このときばかりは口角泡を飛ばして大声で脱線している先生に感謝してしまった。

書きなぐったノートを見つめて、いたたまれない気持ちになっているうちに、いつのまにか授業は終わっていた。


放課後。バイト先の書店に到着すると、シフトの時間まで店内を歩き回ることにした。

書棚の森を歩きながら俺はしみじみと本は良い、などと浸ってしまう。

本の匂いを嗅ぐと落ち着くのだ。実体にはこだわらないと思ってはいるものの、好きか嫌いか、改めて問われたならば、やはり好きなのだと思う。きれいな装丁を眺めるのも、紙を捲るという行為も、開いた頁から立ち昇るインクの香りを鼻の奥で嗅ぐのも——嫌いじゃない。

「新刊のチェックもしてなかったしなぁ」

平台に面陳されてタワーとなっている本の表紙を眺めつつ、つぶやいてしまう。こういうところで受験の年なのだなと実感させられる。

そろそろ入りの時間か、と奥にある事務所へと向かった。

今日は久しぶりのバイトだった。しかも、最近では珍しく読売先輩を始め、綾瀬さんも小園絵里奈さんもシフトに入っている。つまり、読売先輩とジュニアーズが勢揃いしているという珍しい日だった。

入りますと声を掛けてから事務所のドアを開ける。

もう他の三人は制服に着替えて待機していた。

「おー、後輩君。おはよう」

「ええと、おはようございます？　ああ。小園さんもこんにちは」

「こんにちはです、浅村先輩」

小園さんの隣に並んで座っていた綾瀬さんも小さくうなずくように会釈をしてくる。

「浅村くんのほうはゆっくりだったね」

「ちょっと店内をぐるっと回って入ったから」

「ああ、そうだったんだ」

そう言った綾瀬さんを何か言いたそうな顔をして小園さんが見つめる。視線に気づいた綾瀬さんが小園さんのほうへと向き直る。

「ん……なに？　小園さん」

「いえ、いいんですけど。綾瀬先輩……」

言いながら小園さんは表情を変える。

　にやり、と口角をあげた。

「相変わらず苗字呼びなんだなぁって思っただけです」

「ふつうでしょ。仕事中なんだし」

「でも、もしこの店にもうひとり浅村という人が入ってきたら呼び分けるのに不自由する
じゃないですか」

　小園さんがそう言いだして、困ったことに読売先輩が同じ調子でにやりと微笑んだ。

「ほうほうほう！　いいねえ、その積極性。うん。日本人はもっと名前呼びをデフォルト
にすべきだよ。そのほうが個人を尊重していることが明らかになるし」

「ですよね！」

「まあ、否定はしないかな」

　綾瀬さんがいつものとおり表情ひとつ変えずに言った。

「いいんですか？　いいんですね？　余計なことを気にしてませんか？　遠慮してる人に、
あたし、たぶん負けませんよ。先に呼んじゃいますよ」

「どうぞ。っていうか、だからなんで『たぶん』なの？」

「ぐ。いいじゃないですか！」

「つまり小園ちゃんは後輩君ともっと親しくなるべく名前呼びしたいというわけだねぇ。

よしよし、やってみようか」

にやにやしてないで、止めてくれませんか、読売先輩。

「おいっす。じゃ、じゃあ、ええと……。ええと？　……先輩、名前なんでしたっけ？」

綾瀬さんがその瞬間、あちゃあとばかりに顔を手で覆った。

「ゆうた、だけど」

「あ、はい。ありがとうございます。ええと……ゆたた」

誰だそれは。

「噛んじゃった。ゆ、ゆう……たった」

「そんなに顔を真っ赤にして言わなくても。無理しなくてもいいんだよ？」

綾瀬さんが言った。

「ううう。先輩、よくこんな恥ずかしいことできますね！」

「私はしてない。浅村くんって言ってる」

しれっと綾瀬さんは言うのだけど、家では『悠太兄さん』呼びなんだよな。けっこう前から。

なんとなく生暖かい雰囲気が立ち込めたところで店長がドアをノックして入ってきた。

そろそろ時間だよと。

いつの間にかシフト5分前になっている。俺たちは揃って椅子を立った。

飲んでいたお茶のカップを片付け、あれこれ作業の準備をしているときに「そうそう」

と読売先輩が俺に向かって言ってきた。

「買いたい本を見つけたら、買えるうちにじゃんじゃん買っておいたほうがいいよう」

けっこう真面目な表情だ。

「はあ。でもそこまで買えるほどのお金もなければ余裕もないんですが。受験生ですし。それに、買っても置いておけるスペースがですね」

「部屋に歩けるスペースがあるうちはだいじょぶだって！」

俺の台詞をひったくるようにして読売先輩が言葉を差しはさむ。いやいや。床が見えなくなるほど積むつもりですか。

「もしや……先輩の部屋は床が見えないんですか？」

「かき分ければ歩ける」

「雪国じゃないんですから」

本のタワーでベッドの周りが埋まっている部屋を想像してしまった。

「あのね。本は買えるうちに買っておいたほうがいいって話」

真剣な口調だったので、俺はついどうしたんですかと聞いてしまった。

「今日のニュース、見てない？」

大手出版取次会社のうちの1社が倒産したというニュースだった。

取次といえば、出版業界に不可欠な存在として、確かな立ち位置を確保している業種のイメージがある。

「老舗として知られていたんだけどねぇ。まあ、それでちょっと諸行無常を感じてしまってね。こういうことはどんな商売でも起こりえることではあるんだけどさぁ。就職活動をしている身としては無視できないトピックだったんだよぅ」

俺たち三人はうなずいた。そういうことなら話はわかる。

「もしかして、ええと、取次？も先輩は就職先に考えてたんですか？」

「まあ、いちおうね。もちろん他にも考えてるけど。昔からの大企業さんだけじゃなくて、IT、Web系の広告代理店とか。そういうとこも受けてるし」

「そんなに色々受けてるんですか」

綾瀬さんの問いかけに読売先輩はうなずいた。

なるほど。勤めようとしている業種に翳りが生じたら進路先としては不安になるということだ。読売先輩によれば、ここ数ヶ月の経済トピックを並べただけでも、老舗の自動車メーカーの買収、大手電気製品メーカーの買収、銀行の凋落などなどがあって、これまで日本の主産業とも言えたいくつかの業種に変化が見られるとのこと。

まだ高校1年生の小園さんは実感が湧かなかったようだけれど、俺も綾瀬さんも将来の進路を考えているからか身につまされる話だった。

「月ノ宮を卒業できても、就職活動って大変なんですね……」

綾瀬さんの言葉も心からのもののようだ。

「まあ、内定自体は出てるし、選べる立場ではあるから、ずいぶん気楽だけどね」

ようやく笑顔になって読売先輩が言った。

「さ、じゃあ、店に出ようか。レジは最初はわたしと後輩君で、ふたりは棚の整理からね」

読売先輩はそう言いながら、俺たちを促した。

しかし、そんな話を聞かされると、俺としてはますます自分の目指していた安定志向が正しいのか疑問になってくる。どんな老舗の業界であれ、どんな大きな会社であれ、大きな変化が起きている時代だと明日には衰退するかもしれない、と読売先輩は言っているわけだ。ならば、なるべく良い大学、良い就職先、という程度のふわっとした認識にどれほどの価値があるのだろう。

もちろんしっかりと調べたり考えたりした上での認識なら別だ。

でも俺のような、ふわっとしか考えていない状態で想定する良い大学とか良い就職先なんて砂上の楼閣に過ぎないんじゃなかろうか。

レジへと向かいながら読売先輩が付け足してくる。

「後輩君たちが大学を卒業する頃には、世の中の風景、だいぶ変わったものになっているかもしれないよぅ。新しい会社、新しい仕事、新しい職場形態が溢（あふ）れている。そんな時代になっているかもねー」

——新しい考え方に触れるのが好き。

ノートに、俺はそう書いた。けれど——。

助けてほしい。俺には、まだ世の中に存在しない就職先まで考慮に入れられるほどの、未来予測能力はないんだ。

その夜は綾瀬(あやせ)さんとテレビを観(み)ながら夕食になった。

俺たちはダイニングではなくリビングのほうでソファに腰かけている。

テレビの前のローテーブルに並べた献立のメインは、ザ・日本の家庭料理とも言うべき肉じゃがだ。ふたりともバイト帰りだったから、亜季子(あきこ)さんが出勤前に作り置いてくれた親父(おやじ)殺しの必殺料理をそのまま温めるだけで済ませてしまうことになった。これにご飯と味噌汁(みそしる)、トッピングとして、帰宅途中のスーパーで買ってきた総菜と納豆と海苔(のり)が添えてある。

ちなみに親父はもう食べ終わって寝室だった。たぶんもう寝てる。

ところで、食事のときは食事に集中というスタンスの綾瀬さんと、あまりテレビを観ない俺というふたりきりの夕食だったのに、なぜ今夜に限ってリビングで食べているかといえば——。

ふたりとも読売(よみうり)先輩との会話に影響されて、たまにはニュースをじっくりと観てみようということになったわけだ。夜遅くにやっている経済ニュース専門の番組をこうして流している。ワールドなビジネスのトレンドを追いかけるスタジオの番組を綾瀬さんと感想を言い合いつつ観ながら箸を動かしているのだった。

「あ、これだね。読売先輩の言ってた倒産って」

綾瀬さんが言った。

俺もうなずきながらニュースを見つめている。

画面の向こうの人気キャスターが専門家だという経済学者に話を聞きながら、話題を広げていた。業界再編に向けてどうのこうの。若者の読書離れがどうのこうの。

「本って、そんなに売れなくなってるのかな？」

綾瀬さんの言葉に俺は「どうかな」と異を唱える。

「確かに紙の本の売上は下がっているかもだけど、電子やWeb媒体の文字も含めたら、最も文字が読まれてる時代という説もあるみたいだし」

それに、いまは教育過程で読書の時間が組み込まれている。

「そういえば小学校と中学校のときあったね。読書の時間って。十分くらいだったけど」

「短いんだよね。あれだと全然読み終わらない」

「だから短い時間で読める本ばっかり借りてたなぁ」

綾瀬さん、雑誌は読むほうだけれど、小説はあまり読まないもんね。

「俺は、そのまま読んでたけど」

「そのまま？」

綾瀬さんが首を傾げる。

「文字通りにそのままだよ。だって先が気になるから」

「……え？　もしかして、授業時間に食い込んでも読んでた、とか」

面映ゆさを感じながらうなずいた。事件が起こって探偵が謎解きを始めたところで続きは明日の読書の時間とか言われても、そこまで待てるはずがない。

「机の上に教科書を広げつつ、机の中で本をこう開いておいて……隙を見て読んでた」

自分の前に学習机がある感じで再現してみせる。

綾瀬さんがあきれたとばかりに口をぽかんと開けている。

「よくそれで怒られなかったね」

「授業中だと読書が捗ったもんだよ」

そんな会話をしつつ、俺たちは画面の中の経済ニュースを観ていた。

ひととおりニュースが終わって、番組では最新の技術による新製品の紹介が始まった。

今日のお題は音声認識バーチャルアシスタントアプリだった。スマホにも付いてくるあれだ。音声で命令できて、アプリの起動からＴｏＤｏリストまで作ってくれる。ちょっとしたメモ代わりもできる。それの最新版らしい。

メモ機能か……。

「綾瀬さんって、日記をつけたことある？」

ふと、丸との会話を思い出してそんなことを聞いてみたのだけれど、綾瀬さんは珍しく慌てたような声で「えっ」と狼狽えた。そんなに驚くようなことだったかな？

「に……にっきって、日記？」

「ダイアリーなほうの日記だけど」

いや、ダイアリーじゃない日記ってなんだよって話だが。

「あ、ああ、うん。つけていたことはあるよ。今はつけてないけど」

「へえ。ああ、昔の話ってこと？」

「そうそう。昔ね、うん。昔」

「すごいな」

「え？」

「俺だったら三日坊主になる自信がある」

「あー……。まあ、そうだね。多いよね、日記をつづけられない人。私は……うん、結構つづけてたかな。でもどうしていきなり？」

俺は昼休みの丸との会話を掻い摘んで話す。

自分がどんな道を進むかあらためて考えている。丸からは、考えを文字にしてみることで、自分の頭の中を整理したり、客観的に自分を見つめられるらしいと聞いたと。

「で、実際どうかなって思ってさ」

綾瀬(あやせ)さんは俺の問いに対して箸を止め、すこし考え込んだ。

語り始める。言葉を選ぶようにゆっくりと。

「そうだね……。たしかに自分の頭の中を客観的に見れた、かも」

「綾瀬さんには効果があったんだね」

そう言うと、綾瀬さんは何故(なぜ)かやや照れたような表情を浮かべた。

「まあね。客観的に見えすぎて、時々、恥ずかしいというか、私は、なんてこと考えてるんだ……、って頭を抱えることさえあるんだけど、ね」

俺はちょっと驚いた。綾瀬さんはたぶん他の人からはクールに見えている。俺は言われるほど、綾瀬さんがクールなばかりではないと思っているのだけれど、それでも自分で書いた日記を読み返して頭を抱えている綾瀬さんなんて想像したことはなかった。

「へえ。綾瀬さんにもそんなことが」

意外だったからそう言ったのだけど、綾瀬さんは俺の前で両手をひらひらさせて「今のなし」と言った。

俺は首を傾(かし)げる。けれど、綾瀬さんはとくに説明することもなく。

「忘れて。大したことじゃないから」

そう言ってから、強引に話をニュース番組へと戻したのだった。

まあ、日記ってプライベートなものだしね。気にはなっても、それ以上はさすがに追及できない。俺も話を合わせてテレビへと向き直った。


勉強を終えて、さて寝るかとベッドに転がろうとして俺は思い出した。

ノートを見返してみる。授業中にぽつぽつと頭に浮かんだことを書き連ねたメモを改めて読むと、あの、いたたまれない気分が戻ってくる。

「自分のしたいことを自分で見つけられないってのは問題あるよなぁ」

それが簡単な思考のメモ書き程度で露(あら)わになるっていうのもおっかない。

自分の情けなさがこれでもかと強調されている気分だ。なるほど、自分の書いたものを読んで頭を抱えるとはこういうことか。

よくまあみんなは日記なんて書いて残しておけるものだ。土佐(とさ)日記、蜻蛉(かげろう)日記、紫式部(むらさきしきぶ)日記、更級(さらしな)日記……文学史上の名作と言われているあれらの日記の作者たちは、まさか数百年後の子孫たちに読まれた上に感想まで付けられることになると、はたして想像していたかどうか……。

「知ってたら、どんな気分になったんだろう」

頭を抱えたのか。それとも、どうぞどうぞもっと読んで、となったか。

いや、思考が逸れた。だから自分のしたいことをもうちょっと真剣に考えないと……。

俺はスマホを手にして希望大学についてあれこれと調べた。遅すぎると言われようが、何もしないよりはマシだろう。

どうやら週末の三連休にあちこちでオープンキャンパスが開かれるようだ。

18日は慶陵、19日は早稲穂、20日は一ノ瀬大学がちょうどやっている。これを逃すと、もう受験まで日がない。なによりも月末になれば三者面談がある。

「行ってみるか、オープンキャンパス……」

そこで何かつかみたい。

俺はスマホのスケジュール帳に予定を書き込んでから寝た。

# ●9月15日（水曜日）綾瀬沙季

　昼休みを告げる鐘が鳴り、私はお弁当を抱えて席を立った。

　隣の席の委員長へと声を掛ける。

「ちょっと今日は別口の約束してるから」

　そう言いながら、手にしたお弁当箱をゆすって片手で拝んでみせる。だから一緒に食べられないの、という意志表示。

「ほい？　ああ、『休憩室』？」

　うなずいた。

「ごめんなさい」

「いい、いい。別に約束してるわけじゃないんだしさ。おーい、りょーちん。キミは今日の昼飯はどうするかね？」

「今日は食堂に行こうかなって」

「おや、お弁当デーではないのだね」

「お母さんが、風邪をひいちゃって。だから放課後も今日は早く帰るね。ご飯作らないといけないから」

「あらまあ。それは大変。じゃ、わたしもご一緒するかな。んじゃ、わたしたちは食堂に行ってくるぞい、沙季さんや」

「あ、うん。わかった」

沙季さん……。昨日は「沙季っぺ」って言われたし、その前は「沙季っち」だった。委員長は私の呼び方をどういうわけか固定してない。わざと、というよりはあまり気にしてないんじゃなかろうか。そのときの気分次第な気もする。

私はりょーちんこと佐藤涼子さんにもごめんねをしてから教室を出ると、図書室の方へと向かう。本を借りるためではなく、特別棟へと向かう繋ぎ廊下の手前が目的地だからだ。図書室の前に広がっているその四角いスペースは、生徒が自習したり読書したり食事したりする為に机と椅子が幾つも置かれている。空いてさえいれば自由に使用していいことになっていた。正式な名称はわからない。生徒たちからは『休憩室』と呼ばれている。

その『休憩室』で真綾と待ち合わせをしているのだ。

廊下を歩きながら私はふと思う。思い返してみれば、1年半前まで私はクラスメイトと食事をともにするということ自体をしてこなかった。だから「一緒に食べられなくてごめんなさい」なんて言葉を口にすることもなかった。

変われば変わるものである。今では、ひとこと言わないと心苦しいくらいには彼女らとお昼をともにしているわけで。

『休憩室』へと向かいつつ私はそんなことを考えていた。

「ごめん。待った？」

「いまきたトコだよー」

待っててもそう言うくせにと思いつつ、私は真綾の隣の席へとお弁当を置いた。

飲み物も欲しくなって、スペースの隅に置いてある自販機でペットボトルのお茶を買った。それを手にして隣へと腰を下ろす。窓際の明るい席だった。

久しぶりの真綾とのランチタイムだ。


席に着いてから真綾の手元を見てあれ？　と思う。

コンビニか購買で買ったのだろう、市販の弁当だったのだ。

「お弁当なの？」

「そのとおりでござる」

「ござる……。ええと、2年のときってパン食じゃなかったっけ？」

「さすが沙季。他人に関心ないのによく見てるねぇ」

「それ、褒めてるの？　貶（けな）してる？」

「褒めてる褒めてる。沙季は一緒に食べないときでも、そういうのよく見てるよねって思ってた。持ってる小物とか服装とか」

「そう、かな」

自分のことなのでよくわからないが、真綾がそう言うってことはそうなのだろうか。

確かに……他人への関心は薄いほうだけれど、気にしないわけではない。彼を知り己を知れば百戦殆からずって言うからね。

それと、相手のファッションとかは無意識に見ている自覚はある。

そう言うと、真綾はうなずいた。

「沙季は観察力あるよ～。相手のもってるアイテムや特殊能力をチェックするのが自然に身についてるってことでしょ。冒険の基本だよね。毒には解毒薬が、麻痺には状態異常回復薬がいるし」

ぴりりとお弁当を覆っているビニールを破りながら真綾が言った。

それはなんかちがう気もするけど。っていうか、状態いじょうなんとかって何？　またゲームの話だろうか。

首を傾げつつも真綾が破っているお弁当のパッケージを見ていた。味噌カツ弁当と書いてあった。しかも（大盛り）とか書いてある。けっこうなボリュームだけど、この小さな体のどこに入るんだろう。

「食べきれるの？」

「もちろん！　で、さっきのパンじゃないんだね、の答えだけどさ。2時間めが体育だったじゃん？」

私はうなずいた。隣の教室だから体育のときなんかは一緒になる。そのときに今日はお昼ご飯を一緒に食べないかと誘われたのだ。

「お腹空いちゃってさー。パンを登校前に買っておいたんだけど」

「まさか……」

「正解！　早弁しました！」

ぴしっと指を天井へと突きつけて言ったのだけれど、ちょっと待って。つまり、いつも通りにパン食にしようとしたらお腹が空いて食べちゃったから、新しくお弁当を買ってきたってこと？

「……真綾って男子だっけ？」

男子が早弁しているのは時々見かける。

「失礼なっ。花も恥じらう乙女ですわよ～」

「信じられない」

「午前中に体育があるときは早弁も辞さない！　だって、今日マラソンだったでしょ」

「まあ……確かにけっこう走らされたけど」

「お腹が空いたら気にせず食べる！　これ、必勝、試験に出る女子高生の常識だから！」

……そうか？

真綾の常識を疑いつつ、私は自分のお弁当を広げる。朝の残りを適当に詰めてきただけのごくふつうのお弁当だ。焼いたシャケの切り身とのり弁。卵焼きの残りとひじきを少々。

いちおうカロリーは控えめにしてある。

いただきますと言って、ふたりして昼ご飯を食べ始める。

「にしてもさー、なんか沙季が遠く感じるよー」

「そう？」

3年生になってからは佐藤さんや委員長と過ごすことが多かったから、確かにこうしてゆっくりしゃべるのは久しぶりだけれど、週に何度かある体育の授業では顔を合わせているわけだし、選択授業で顔を合わせることも多い。私としてはあまり距離感に変化を感じていなかった。

「誘った夏祭りも断られたしさー、めそめそ」

ぎくり。そ、その件か。涙なんぞ出ていない泣き真似だとわかっていたが、花火大会に関しては私としても、やや後ろめたいところがある。

「あれは、まあ、ちょっとその……うん。ごめん」

言葉を濁したら、その瞬間にぱっと真綾は顔をあげた。なんで笑顔？

「あ！　もしかして別の人と行ってた？」

「え、あ、いや」

「浅村くんでしょ！」

「ちょ、声、大き……」

口先に指を当てて、しーっ！　と黙らせる。勘が良すぎるよ。そしてなんでこんな子犬のような瞳で私を見つめてくるのか。そんなに興味があるのか。あるんだろうな。ここで誤魔化すのが以前の私だけれど、もう真綾は知ってるしなぁ。

「まあ、うん、そう」

「うひょー！」

「しーっ！」

なんだその奇声は……。

さすがに夏祭りの花火大会を断った手前もあって、ここで真綾に嘘をつきたくなかった……という感想そのものが昔とはちがうなぁと思ったり。頑なに関係を隠さなくてもいい、と浅村くんとも話したし。

好奇心に目を輝かせる真綾に、すんと表情を消すことで「これ以上は話さないからね」と伝える。真綾はちょっとだけ唇を尖らせたけれど諦めてくれたようだった。

イチゴミルクをストローで啜りながら真綾は言う。

「それはとりあえず措いておくとして」

「永遠に措いていいから」

「ひとまず措いておくとして。文化祭の準備進んでる？」

穏便な話題に切り替わったので私はほっとする。

「まあ、それなりに。……真綾のクラスは何をやるの？」

そう言えば聞いてなかった。

「脱出ゲーム」

「だ……？」

なんだそれ。

「脱出ゲームって、知らない？　謎解きゲームっていうのかな。閉じ込められた場所から謎を解かないと出られない、っていう設定の遊びなんだよー」

「なんで閉じ込められてるの？　なんで謎を解かないと出られないの？」

「そこはそれ、色々設定があるんだけど。要は、参加者が協力しあって楽しむゲームなわけ。最大6人くらいを組にして、教室の中をこう区切って、順番に歩けるようにして、謎が解けたら先に進める。制限時間をオーバーしたら失敗で途中で放り出される」

「ふむふむ？」

「丸くんがこういうゲームに詳しくってね。ちゃんとそれなりの謎とストーリーを作ってくれたんだよねぇ。で、今は男子組が大道具を、女子組が小道具を作ってる。牛の頭とか」

「牛の頭!?」

「生贄にされたやつね。もちろん作り物だけど。こう、頭のとこに蝋燭立ててさ。目玉の入ったスープとか、蝙蝠の翼とか蜥蜴の尻尾とか」

「ま、魔女の鍋……。いったい、どういう設定なの」

「それは入ってみてのお楽しみ。当日はさー、ぜひ浅村くんと遊びにきてね！」

「か、考えとく……」

なんか食欲が落ちてきた。それでも残り少しだったので頑張って食べる。

「沙季のとこは何をやるの？」

「メイド&執事喫茶カジノ」

こちらだけ言わないのはフェアじゃないよね。

要は文化祭の定番である喫茶店。ただウェイトレスはメイド服を、ウェイターは執事服を着る。それだけだとまだありきたりだけど、内装をカジノ風にして、カジノ的なゲームを遊べるお店にする（もちろん賭け事は実際にはしない）。飲み物も、ＳＮＳ映えを重視したおしゃれドリンクを出すという気合いの入れっぷりだった。

「おぉぉぉぉぉお。勝負してるねぇ」

「委員長が好きみたいで……」

「あ～、あの子の発案かぁ。ぽいねぇ～」

付き合いがなくとも知ってはいるらしい。委員長、目立つしな。

「沙季もメイド服を着るの？」

って訊かれるよね。だから言いたくなかったんだけど。

「まあ……。クラスで決めたことだし、ね。自分だけ嫌がるのもアレだし」

「ぜったい行く！」

「うっ。……うん。どう、ぞ」

そう答えたら、真綾が微笑んだ。

「沙季、変わったよね～」

「なにが？」

「いい意味でアホになった！」

「『いい意味で』をつけたらなんでも許されると思うな」

「あはは。沙季が凄んでる！」

私は口をへの字にして真綾を睨んだのだけれど、真綾ときたらまるで意に介してない。

それどころか笑いだされてしまった。

「むすー」

「あははは。沙季が擬音を口走るなんてめずらしー」

「真綾の真似をしたんだよ」

「うん、アホだ。立派なアホだぁ」

くすくすと笑いつづける真綾に、私は「もう」と頬を膨らませてみせる。

それがまた受けてしまった。

「いいよ！　いいね！　前の沙季はひとを寄せつけない、よく言えばクールビューティーでドライでカッコいいって感じだったけど」

「けど？」

「いまはふつうにキュートでカワイイよね！」

「え……」

キュート？　カワイイ？

いったい誰のことだそれは。私は自分のことをそんなふうに思ったことないけど。

「おりょ？　どした？」

「なんか……私、ダメになってる？」

「んん？　なして？　そんなことないよ。ちゃんと褒めたじゃん」

褒めてる？　ほんとに？　でもなぁ。強く、気高く生きる在り方は自分らしいとも思うし、目指したい姿でもある。そこに近づけるように努力してきたつもり。それが。

アホ。

キュート。

カワイイ？

いつの間にそんな自分になったのか。

「私、変わったの？」

「変わった変わった。もう去年の沙季とは別人かも。いやあ、恋は女を変えるねえ」

「ちがいます」

　そんなもんで人間変わってたまるか。

　それは……たしかに浅村くんに頼る、甘える、という選択肢も受け入れることで成長できた実感はあるものの。あくまで成長であって、別にそんな——なんていうか、こう……自分自身の在り様が変化した感じはしなくて。

「まー、どっちでもいいけど」

　真綾が嬉しそうに言う。

「別に前のままだと嫌いってわけじゃないもん。あれはあれで好き」

「……恥ずかしい台詞、禁止」

「照れるところもまたかわいいんだこれが」

「知りません」

　私はなんとか真顔に戻してそのままお弁当をつついた。これ以上リアクションを重ねても真綾を喜ばせるだけだし。けれど、動かしていた箸がそれでもふとした拍子に止まってしまう。考えこんでしまう。そういえば、と思い返す。最近、自分自身をいろんな意味で客観視できなくなってきてるかも。

ふとガラス窓の向こうの景色を見る。まだ9月の中旬だからか、見える風景は夏とそう変わりはしない。葉も緑のままだし、芝生もきれいな色を保っている。けれど差し込む日差しは確かに真夏とはちがってやわらかく、空はあの夏の色をしていない。

季節は気づかないうちにゆっくりと巡る。

日々を過ごしていて、いつどこで夏から秋に変わったのかを明確に知ることは難しい。変化はすこしずつ訪れる。昨日と今日との差を人間は感知できない。ただ、ある日突然に気づくのだ。ああ、もう秋なんだな、と。

にこにこと笑顔のまま私を見つめている真綾（まあや）をこっそり見返しながら私は思う。彼女の目には今の私はたいそうなアホに見えているらしい。ところが困ったことに私自身にはまったく自覚がない。

それどころか、私は今の私が外からどう見えているのかわからない。

以前はちがった。自分が他人からどう見えているか。少なくとも外見上はどう見えているかを常に気にしていたし、理解していた——と思う。

窓の向こうの風景から窓ガラスへと私は目のピントを合わせる。そこに薄く自分の顔が映っている。見慣れた自分の顔。明るい色の長い髪。そろそろ昔と同じ長さにまで伸びてきて、毛先を整えるために切らないと、とぼんやり思う。耳許（みみもと）には小さな丸いピアス。

私は、ひとりで生きていけて、かつ魅力的な女性になりたかった。母のように。

ファッションについても研究したかったし、同時に学業も怠らずにやりたかった。

常に鏡を見て自分がどう見えるかはチェックして。まあ、女の子だったらわりとそれはふつうだと思う。一部の生徒たちからは男に媚びて遊び歩いている女の子、と言われていたらしいけど。気にはならなかった。縁もゆかりもない他人の言葉だ。それも含めて自分的には完璧な「綾瀬沙季」という姿を保てていると思っていた。自己分析の結果と、外からどう見えているかにずれがあるという感覚はなかった。

それが最近はあやしい。

浅村くんとの関係がすこし落ち着いたゆえの安心感からか、それ以外の理由か、他人からの自分の見え方をまったくコントロールできていない気がする。なぜだ。

「真綾にアホって言われると……地味に応えるね」

「こら、沙季。わたしだけアホ呼ばわりすんな。いっしょにアホ道に落ちよ？」

「やだ」

「えー。めそめそ」

くだらない会話をしながらお弁当を食べる。笑い合いながら。その状況を、ああいいな、心地好いな、と感じてしまっている自分にまた戸惑う。

私は今の「綾瀬沙季」を自分が掴めていない気がした。

浅村くんと一緒にバイトに行って帰って、その日の夕食のときのこと。

読売先輩が話題にした経済ニュースが気になって、珍しく私たちはリビングでテレビを観ながら食事をしていた。

その日のニュースが終わって、人気があるらしい新製品トピックコーナーへと移り変わったときに、浅村くんが不意に言い出した。

「綾瀬さんって、日記をつけたことある？」

噛み砕いていた肉じゃがのジャガイモの塊を思わず飲みこんでしまう。一瞬だけ息が詰まりそうになり、強引に飲み下した。苦しい。塊が食道から胃へと落ちていった。ふう。

「に……にっきって、日記？」

辛うじてそう尋ねる。今、動揺したの、バレたかな。

「ダイアリーなほうの日記だけど」

とくに気にした様子もなく浅村くんが言った。ダイアリーじゃない「にっき」ってなんだろう？　ほかにニッキと言えば……ああ、うん、クスノキ科の樹を原料として作られる香辛料、あれもニッキだけど、って、うんちがうよね、知ってる。

「あ、ああ、うん。つけていたことはあるよ。今はつけてないけど」

「へえ。ああ、昔の話ってこと？」

「そうそう。昔ね、うん。昔」

1年前だけど。

机の奥に仕舞ってある。封印した日記を私は思い出していた。あの日記には浅村くんと家族になった後、私が浅村くんに惹かれていく様子がありありと記述されている。読み返したときの感情が一気に自分の心の中で再現されてしまい、私は鼓動が知らずに速くなっていくことを自覚した。

私の動揺に気づかず、浅村くんは日記には自分を客観視する効果がある、なんてことを丸くんから聞かされたのだと言った。

「そうだね……。たしかに自分の頭の中を客観的に見れた、かも」

辛うじてそう言った。ちょっとちがうと思いながら。

自分の頭の中だけじゃないんだ。感情も再現されてしまうのだと私は思い知らされる。

「客観的に見えすぎて、時々、恥ずかしいというか、私は、なんてこと考えてるんだ……、って頭を抱えることさえあるんだけど、ね」

意外そうな浅村くんの顔。

けど、実際にそうなんです。

思考だけじゃない。思考していたときの自分の感情をここまで明瞭に思い出せるのも、いちど日記という形で外に出していたからなの、かも。

自覚。自覚か。確かに私が自分の恋心を自覚したのも日記を通してだったっけ。

動揺していることを浅村(あさむら)くんに悟られないよう、そのあとの会話は適当に誤魔化(ごまか)した。

夕食の後片づけを済ませ、私は先にお風呂をいただいた。

ひとりになって湯船に浸(つ)かりつつ考えてみて思う。もしかして私の客観視能力が落ちてるのって（真綾(まあや)に言わせればアホになったのって）、日記をやめたから……か……？

「でもなぁ……」

ぱしゃぱしゃと湯面を叩(たた)きながら考える。

いまさら再開するのもなぁ。

そうしてまた机の奥にある日記の中身を思い出し、書いたときのどろどろした感情を思い出して、「あああ」と脳内空間で自分の分身が恥ずかしさに転がりのたうっているのを感じてしまう。

嫉妬してます、とか、なんで日記に書いちゃうかな、私。

読まれたら絶対に人目も憚(はばか)らずに大声を出して暴れまわる。自信がある。そんな危険な行為を引き起こす要因を今さら再開できるか？　客観視はしたい。自分を見つめ直しはしたい。したいのだが——。

「日記かぁ」

つぶやきが揺れる湯船に沈んだ胸の谷間に落ちる。

溜息(ためいき)とともに。

## ●9月20日（月曜日・祝日）　浅村悠太

新宿駅から西に快速で40分ほどかかった。

駅の南口から出る。目の前に現れたのは、一車線しかない小さなロータリーだ。左右を見渡すと、高い建物が少なくて空が思ったよりも広い。歩道と車道の間には緑の街路樹が延々と植えられていて目を休ませてくれた。

回りこんで、駅から南へとつづく片道二車線の道路に出る。雑木林の圧と草の香りを右手に感じながら歩道を歩いていく。

すこし先で林が突然消えた。敷地内へとつづく入り口のようだ。スマホの表示を見ても、そこが一ノ瀬大学の国立キャンパスへと入る門だと表示されている。大学の敷地はずっとすぐ近くにあったということか。よく見ればオープンキャンパスの案内看板もちゃんと出ていた。

受付で申し込みを済ませ、パンフレットと校内の案内図を受け取って、俺は大学内へと足を踏み入れた。

実のところすこし焦っている。

一昨日、そして昨日、慶陵と早稲穂のオープンキャンパスへと参加してきた。

だが、あまりしっくり来ていない。その大学に通う自分の姿が想像できなかった。

そんななかで三連休の最後の今日は、この一ノ瀬大学へとやってきたわけだ。ここを見て回っても何も心に感じるところがなかったら、候補に挙げた三つの大学のどれにも何も心を動かされなかったということになってしまう。不安にもなるところだ。

まあ、2、3時間のキャンパス訪問だけで何がわかるのかと言われれば、確かにそのとおりでもある。それに大学そのものの雰囲気、サークル紹介の雰囲気などには「すごいな」「大人だな」と感じることは多かったわけで。それだけでも訪問の甲斐はあった。大学という学び舎が以前よりも具体的なイメージをもって自分の中に存在している。

ただ、「ここだ」という決め手に欠けた。一流大学たちに対して、偉そうな感覚だという自覚はあるけれど。

ちょっとちがうか。このオープンキャンパスへの参加は、志望大学を決めることだけが目的じゃない。自分が何をしたいのかわからない状態から脱したいから。将来へのヒントが欲しいから来たわけで。

自分が4年間かけて学びたいことは何か。

授業中に自身の思考を言語化していたときにも思ったことだけれど、俺が本を読む理由は、疑似体験を味わう為もあるけれど、新しい考え方に触れる為というのが大きいらしい。自分ひとりでは辿りつけない新しい物の見方、考え方を読書を通して知る、ということの喜びを俺は知った。

人の数だけ世界の見え方があって、どれも大事であると思うようになった。多様な物の見方が大事だと知ると、その逆の偏見や視野狭窄を怖がるようになった。

結果として、実母のことを「子どもには良い学校に行かせるのが良い親」という考えの持ち主と結論づけるに至った。それはそれであのひとの人生観なのだから仕方ないと、昔よりは許せるようになったと思う。俺には合わなかったけれど。

ただ、それは同時に親であってさえ受け入れ難いほど物の見方、考え方が違ってしまうこともあるという証左なわけで、自分と他人との間の溝の深さも実感してしまう。

怖くないか？

目の前の人間の動いている理由が、自分には想像もつかない動機や感情に左右されているからかもしれないのだ。

自分と異なる考え方に触れたい、ということは。知らないでいるのが怖い、ということでもある。

いったい人の行動の理由はどこから生じるのだろう……。

そんなことを考えつつ歩いていたら、いつの間にか俺はレンガ色の大きな建物の前に来ていた。

入り口で受け取った案内図によれば、目の前の建物には「講義棟」という名前が付いている。たぶん文字通りに講義を受ける専用の施設ということだろう。

あらためて見回すと、あちこちに同じくらいの高さの建物が幾つもある。さすがは国立の総合大学だ。パンフレットによれば講義棟だけではなく、研究館とか研究所とか図書館とか色々あるらしい。……研究館と研究所って何がどうちがうんだろう？

さて、どこから見てまわろうか。

手にしていた校内案内図から顔をあげた瞬間に、俺の目は講義棟から出てきたふたりの人物を捉えた。年老いた男性とスーツ姿の若い女性のふたり連れ。その女性のほうになんだか見覚えがあるような。

スーツ姿の女性の視線がふいっと俺のほうへと向けられた。

「おや。浅村悠太じゃないか」

え？　なんで俺の名前を知ってるんだ？

つかつかと歩み寄ってきた女性は藤色のスーツを着ていて……あ、このひとは。

「ここに興味を示すとは。なかなかお目が高いね、キミは。今なら一期生になれるぞ」

「はい？」

何を言われたかわからないけど、このひとって。

「……ええと、確か読売先輩の大学の……」

「工藤英葉だ」

さっと手を出してくるものだから、俺は反射的に握手を返してしまった。

工藤英葉……確か准教授だ。読売先輩の通っている月ノ宮女子大の倫理学の先生だったはず。俺はこの先生に二度ほど会ったことがある。最初は読売先輩たちと議論しているところを覗き見してしまっただけだから厳密に言えば「会った」とは言いづらいけど。二度めはハロウィンのときで、そのときに俺が一方的に知っているだけだったこの先生にうっかりと口を滑らせてしまって顔と名前が一致されてしまっていた。

「ああ、馴れ馴れしくしてすまない。なんだかキミのことは何度も読売クンや綾瀬クンから聞かされているから、長い友人のような気になっているんだ」

「はあ」

と生返事を返してしまった。初めて訪れた大学でいきなり声を掛けられて握手するほどまで親しみをもたれているとはびっくりだ。

あれ？　ここ、一ノ瀬大学だよな。工藤准教授は月ノ宮女子大のはず。

「盛り上がっているところを済まないがね。こんな入り口でおしゃべりはよくないんじゃないかな、工藤クン」

工藤准教授の後ろで黙って待っていた男性に言われてしまった。

五十の後半、あるいは六十も超えているかという歳の男性だ。髪のほとんどが白くなっている。まるでサンタクロースのような立派な白いひげを生やしていた。長い杖を持たせたら、そのままファンタジー映画の魔法使いになれそうだ。むしろスーツ姿なのが違和感があった。工藤先生はすらりとした長身の女性だけれど、この男性は俺よりもやや背が低くて小柄だった。ただ、眼鏡の奥の瞳がこちらへ向けられると自然と俺の背が伸びた。穏やかな視線の中に何物も見逃すまいと観察している雰囲気。まるでレントゲンか顕微鏡かそういう観察機械に晒されているかのように感じる。

「おっと、それはそうか。じゃあ、話をするのに相応しい場所に連れてってくれますよね、センセ！」

そう言って工藤先生がにっこりと男性に笑いかける。

先生と呼ばれた老年の男性は苦笑を浮かべた。

「ははは。まったくキミは変わらないね……。まあいい。お茶くらいは奢ろうじゃないか」

「やった！」

喜色を浮かべた工藤先生の表情は数分後に泣き崩れた。

「酷い。これは裏切りですよ、森センセ」

「お茶といったら談話室だろう」

「せっかく久しぶりにセンセの手ずから淹れた珈琲を飲めると楽しみにしていたのに」

「生憎豆を切らしてるんだ。っと、ええと、キミ、連れてきてしまってから言うのも何だが、時間はだいじょうぶかね。何か予定があったかな？」

「ああ、いえ——」

俺はパンフレットに書かれた案内に目を落としながら答える。

「——だいじょうぶです。かなり早めに来たし、ええと、まだどこを見るかも決めてなかったので……」

言ってから俺は顔をあげる。

なりゆきで工藤(くどう)先生に巻き込まれ、連れてこられたのは建物のひとつの中にあった休憩用のスペースだった。壁に覆われて部屋みたいになってはいるものの、自販機と給茶機があるだけで、あとはテーブルと椅子が幾つも並んでいるだけの場所だった。なんとなく、うちの高校の『休憩室』に似ている気もする。

丸いテーブルに着いているのは工藤先生と俺と、それから前に立って案内してくれた、小柄な老賢者風の男性だ。そういえばまだ紹介もされていない。

「なるほど。そのパンフレットを持っているということは、キミはうちの大学を志望している高校生か。ええと、あさむらゆうたクン、だったか。水星(すいせい)高校の3年かね？」

「あ、はい」

俺は素直に驚いていた。たったいちどだけ工藤先生が口にした名前を憶(おぼ)えていたのみならず、おそらくは俺の着ている制服から高校まで当ててみせたのだ。

「ボクは森(もり)という者だ」

「森……先生？」

おそるおそる口にすると、森先生はこくりとうなずいた。

「ここで社会学を研究している」

「社会学……」

慌ててパンフレットに目を落とす。ええと……。一ノ瀬大学にある学部は商学部、経済学部、法学部……社会学部。これか。

ひととおり事前に調べてみたとはいえ、なにしろ大学の学部は山ほどあって全部は追い切れていない。しかも、同じ学部名が付いていても研究している内容は大学ごとに異なるし。しかし「勉強している」や「教えている」ではなく「研究している」とさらりと言ってみせるところも大学だな、と感じる。ここは学ぶ場ではなく最先端の知をさらに先へと進める場だということだ。こういうちょっとした言葉の端からも高校とのちがいを感じ取れる。

「浅村クンは、森茂道、という名前に聞き覚えは？」

工藤先生に言われて、俺は必死に頭の中身を掻きまわしたけれど、社会学部という名前さえ耳馴染みのない俺にはまったく引っかからなかった。ばつが悪いが、知ったかぶりをするよりはと素直に口にする。

「え……あ、すみません。ちょっと……」

「うーむ。森センセ、もっと頑張らないと」

「ははは。無茶を言うな工藤クン。世界に何人の研究者がいると思ってる。いつも言っているだろう、自分の知らない分野について、人間が覚えているのはせいぜい3人までだ」

「それは少なすぎませんか？」

「では、工藤クンは物理学者の名前を何人言える？」

「ガリレオ、ニュートン、アインシュタイン」

「そこまでで3人だね。じゃあ、他には」

「………。き、興味ないね」

「ほら、3人だ」

「ぐ……」

「浅村クン、君はどうだい？」

森先生がこちらにお鉢を回してきた。工藤先生が読売先輩たちと議論していた、最初のカフェの場面を思い出してしまう。大学の先生ってみんなこうなのかな。

「物理学者、ですか……ガリレオの同時期にケプラーがいますね。ラプラスとかマクスウェルとかローレンツとかシュレーディンガー、ハイゼンベルク……」

「あ、ハイゼンベルク。不確定性原理の！　知ってます、知ってましたよ、森センセ！」

「子どもか、キミは」

しゅん、となった工藤先生を見たのは当然ながら初めてだ。この先生もこんな顔するんだなあ。いつも自信満々で偉そうなのかと……いやいや。

「まあ、運動に関する物理学者というなら、工藤クンの挙げた3人を知っていると物理の先生は喜ぶだろうね。浅村クンは物理に詳しいのかな?」

「いえ、そういうわけでは……」

物理学者の名前をSFを読んで覚えました——とは、言えなかった。ラプラスの悪魔、マクスウェルの悪魔、シュレーディンガーの猫……ぜんぶSFの定番ネタだったりする。

「じゃあ、浅村クン、社会学者の名前は言えるかな?」

ぐっと詰まってしまう。

そもそも「社会学」という単語に俺は馴染みがなかった。

「ふっふっふ。森センセ、私は言えますよ。3人どころか30人だって余裕です」

偉そうに胸を張った工藤先生に対してふたたび森先生はあきれたという顔になる。

「そうでなけりゃ、ボクの二年間はなんだったのかね」

「あの……」

俺はここで割り込まなければそのまま話が進んでしまいそうだったので必死で口を挟みこむ。

「お二人の関係って……」

「おっとすまない。置いてけぼりにしてしまったね。実はこの学校、私の母校なのだよ。で、こちらの森教授こと、森茂道（しげみち）は私の恩師なんだ」

教授だったのか。

いや、それよりも……恩師？

「えっ、工藤先生って倫理学を学んだんじゃなかったんですか？」

「それは後になってからなんだよねぇ。ふむ、ここにいるということは、キミは大学進学について迷っているということだな？」

ずばりと言われて、俺は言葉に詰まってしまう。

「あ、えと。……はい」

「ふうむ。大学はゴールではないから、もっと気楽に選んでくれてもいいのだけどね」

大学はゴールではない。

その言葉を聞いたのは二度めだったから、俺ははっとなった。

「そういう意味では私の例は参考になるかもしれないな。ちょっと話してあげよう。っとそのまえに……森センセ、私はまだまだ喉が渇いているので、もっと奢（おご）っていただいてもいいんですよ？」

「わかったわかった。ボクももう一杯飲もうと思っていたところだ。どれ……」

「あ、注ぐのは私が」

「話をするんだろう。いいからそのまま話していたまえ。淹れてきてあげるよ。浅村クン、キミはどうする？」

俺は目の前のカップに視線を落とした。

茶色の液体はまだ半分以上も残っている。正直、自分よりはるかに年上の准教授と教授の前にいきなり座らされていては、珈琲好きであったとしてもちびちびと口を湿らせる程度にしか飲めたものではない。というか、奢ってもらっちゃって良かったのかな。

「だ、だいじょうぶです」

そう答えると、森教授はよっこらしょと席を立って自販機へと歩いていく。

恩師を見送る工藤先生の顔はばつが悪そうだった。

「しまった。甘えすぎたか」

いたずらを見つかって怒られている子どもみたいな顔をしている。

ばつの悪そうな顔を次の一瞬で消して工藤先生は俺のほうへと向き直った。

「で、先ほどの話だが」

切り替えが速い。

「参考になるかどうかわからないが――」

工藤先生が語り始めた。

一ノ瀬大学総合人間科学部社会学科。

漢字ばかりの難しそうな学部。それが工藤英葉の出身である。

そも――社会学とはなにか。

社会を研究する学問である。

などと言われると禅問答のようだが、煎じ詰めればそういうことになる。その主な研究対象は「社会そのもの」及び「社会現象」となる。社会がどうしてできるのか、どのように変化するのか、社会現象の実態や、現象の起こる原因との因果関係を解明していくのが社会学に課せられた使命である――と工藤先生はまず述べた。

正しいのかどうか俺にはわからなかったけれど、とりあえずそういうものとして受け取っておくことにする。

「つまり、社会学とは社会に関する学問なんだが、それはつまり人間に関する学問だとも言えるんだ。社会というのは人間の集まりだからね。社会現象とは要するに個々の人間の行動の集積の結果だろう？」

工藤先生はそこでひと息をついた。珈琲の残りをぐっと呷――ろうとして残りがほんのわずかだったので、舌先でちろりと舐める。未練たらしくカップの底を見つめてからつづきを語る。

「人間はひとりひとりが自由意志に基づいて自由に行動する。だが、社会の中でその行動は集積されて社会現象となる。『ブーム』とか『トレンド』とか言うだろう」

「アシモフの心理歴史学みたいな話ですか」

「おお、ＳＦの大御所がすらっと出てくるのはさすが読書家だね」

准教授にそう言われるとそれほどでも、と謙遜したくなる。ここでいう心理歴史学とはＳＦ作家のアシモフが提唱した架空の学問だ。気体の分子運動のアナロジーとしてアシモフはこれを考えたという。個々の気体分子は出鱈目に動くが、気体全体としては、特定の傾向をもった動きをすることがある。同じように個々の人間は出鱈目に動くが、社会全体としては特定の行動をすることがある――ってやつ。

「社会全体としての現象の成り立ちや原因を追究するのが社会学だけれども、私はそれよりもその元となっている個々人の人間の行動やそれを為す動機に興味が出てきてね」

なるほど、それで……。

「元をただせば高校時代に知った『見るなの禁忌』に関する本がきっかけだったな」

「あー……。神話のですか」

神話にはどこの文化圏のものにも同じようなパターンが顔を覗かせるのだけど、そのうちのひとつが「見てはいけない」と言われたものを見てしまった為に主人公が悲劇に陥る、という型なのだ。これを「見るなの禁忌」と呼ぶ。

「高校時代……だから、今の浅村クンくらいの時期だね。その頃に読んだ本で知った知識だったのだけど、それを大学時代に思い出した。そして私は、なぜ禁止されているのに見てしまうのだろうか、というその心の動きのほうに興味をもってしまった」

もってしまった、って悪いことのように言うなあと思ったら。

「そしてボクの教えた知識をもって月ノ宮の大学院に行ってしまったんだよ、工藤クンは」

ほら、と工藤先生の前に淹れてきた珈琲を置きながら森教授が残念そうに言った。

「森センセには感謝してます」

「まったくもって惜しい。社会学にとってもキミは逸材だったのだがね、色々な意味で」

「それ褒めてませんよね？」

「褒めて欲しければさっさと次の論文を出したまえ。研究者たるもの——」

「publish or perish」

工藤先生が平たい声で応えると、森教授がにっこりと深い笑みを浮かべた。

publish or perish——論文を書け。さもなくば滅びよ。

幸いにして俺は、読んだ漫画にその言葉が出てきたので覚えていた。しかし、それを目の当たりにすることがあるとは思わなかった。

工藤先生ははあと息を吐くと、俺に向かって言う。

「まあ、そういうわけで、私は卒業後に月ノ宮女子大の大学院に行って倫理学の研究をすることにしたわけだ」

ただ、今でも一ノ瀬大学の森ゼミでの経験には感謝しており、研究に行き詰まったときには相談に乗ってもらったりしているという。

そういう理由でここに居たのか、という納得よりも、工藤准教授にも行き詰まりとかあるんだ、という驚きのほうが大きかったわけだが。

「というわけで、私は人生の進路を、大学で大きく曲げてしまった人間というわけだよ。しかも、その遠因は高校にまでさかのぼる」

「なる……ほど」

「後付けで考えれば、高校のときから倫理学を目指してもおかしくなかったように思えるが、たぶんその頃にはまだ機が熟していなかったのだろうね」

工藤先生に言われて、俺は考え込んでしまう。

機が熟す、か……。

「とはいえ、それも大学での学びがあったからだろう？」

森教授が優しげな瞳のまま穏やかな声で言った。

良い師弟関係なんだな、と思った。

「そういえば……なんで3年生ってわかったんですか？」

名前を一瞬で覚えられ、学校を制服から当てられてしまったのはまだわかるけれど、俺の学年が3年生だとわかった理由がわからない。オープンキャンパスに来るのはこの時期ならば2年生が多いはずだ。9月になってから来る3年生がどれほどいるのか……。それなのになぜ俺が3年だと推測できたのだろう。

「いやだって、工藤クンが一期生になれるぞ、と言ってたからね」

森教授に言われて、俺は先ほどの工藤先生の言葉を思い出した。

『ここに興味を示すとは。なかなかお目が高いね、キミは。今なら一期生になれるぞ』

——あれか。確かにそんなようなことを言われたっけ。

「ということはキミは来年我が校に来るかもしれない人材ということになる。ならば今年3年生でなければならないだろう？　まあ、浪人生の可能性もあったが。どうやら正解だったようだ」

森教授にさらりと推測の根拠を解説されたが、俺はどういうことかと首を捻る。

一期生？

そんな俺に工藤先生が言う。

「その顔では、ホントに知らずにここに来たということか。だが、これは良い機会だと思うぞ、浅村悠太クン。ここにはキミの興味を引きそうな学部が来年度に新設されるんだ」

「新学部、ですか……」

初めて聞いたぞ。いや待て、パンフレットに書いてあったか。

「……もしかして、これですか。『ソーシャル・データサイエンス学部』」

耳馴染みのない社会学部に続いて、さらに馴染みのない単語だった。ソーシャル・データサイエンス……？

って、なんだ？

「今のキミの発言を聞いて、ようやくホントに知らなかったんだなと納得できた。そこが目当てってわけじゃなかったんだな」

工藤先生に言われて、俺は素直にうなずいた。

「どういう学部なんですか」

俺が工藤先生に向かって尋ねると、工藤先生は露骨に目を泳がせた。

「それは私よりも、新しい学部に職を得た森センセに聞いたほうがだね」

「いやいや、工藤クン、ぜひキミの説明で聞きたいな」

明らかにぎくりと工藤先生が身を竦ませる。なるほど恩師のチェックが入る場所で披露するのは工藤先生でも緊張する、と。

「ええと……私、が？」

「ボクのゼミに居たキミなら適任だろう？　教えた範囲内だよ」

ニコニコした表情なのに目が笑っていなかった。これは怖い。

「わかりましたよ。ええ。やってみますとも。ええと、だね」

「はい」

俺が素直に待つと、工藤先生はこほんとひとつ咳ばらいをし、まず、と前置いてから話し始める。

「『データサイエンス』という言葉について説明しないといけないな。言葉を聞いて浅村クンはどんなことを思い浮かべるかな？」

「数学とか……統計とかですか」

工藤先生がほっとしたような笑みを浮かべる。

「うん。いいね。数学や統計学ももちろん入る。機械学習、プログラミング……まあ、つまりデータの分析や解析の方法だが……」

「わかります」

詳しくはないが概念はわかる。

「そういった様々な手段を利用し、莫大なデータからその背後に潜むルールやパターンを発見する学問だと思ってほしい」

工藤先生の言葉を俺は何度か頭のなかで咀嚼してからうなずいた。

「ここまではいいかな？」

「はい」

「で、それのソーシャル版だ。だから『ソーシャル・データサイエンス学部』」

「はい」

視線を合わせるとなぜかそっぽを向かれた。

「ええとだから」

「……」

「それの、ソーシャル版、だよ？」

なぜ疑問符。

「え？」

まさか、それで終わり？

「わ、わかりました。つまり、社会学にデータサイエンスを応用した学問……ですね？」

「だからぁ」

「そう！」

そこでドヤ顔されても。

やれやれと肩を竦めてから森教授が珈琲をこくりと飲んだ。

「キミはボク相手に論戦を挑んでくるときは果敢なのに、なぜそこまで後輩相手だと腰砕けになるのかね……」

「そういうわけでは」

ない、と言おうとしたのだろう。

だが語尾をごにょごにょと濁した。確かに工藤先生が教え子相手に見事に論陣を張っているのを見た身としては、ここまで舌足らずになるのは珍しいというか。センセに見られてなければ、とかそっと呟いている。

わかる気もする。

森教授は見目姿こそサンタクロースかという感じなのに、目の前の相手の瑕疵を1ミリどころか1ミクロンも逃さないぞ、という眼光をしている。

「社会学というのはね、浅村クン」

どうやら弟子に任せるよりはと自分で語ることにしたらしい。

「社会全体の在り方や流れを研究する歴史的な学問なんだけど。そこに、統計やデータを重視する最新の学問であるデータサイエンスを融合させたんだ」

「……なるほど？」

「新設されるこの学部ではね、社会学の知見を活かしつつも、現実社会で日々蓄積される膨大なデータを利用し解析することによって、政治やビジネスといった社会の現場で発生している様々な課題を解決できるのではないか――という研究、及びその為の教育を行うことになっているんだ。新たな時代に適応するべく生まれた、文理融合の学部……それがソーシャル・データサイエンス学部だよ」

すこし説明が増えたので森教授の語りのほうが俺にはわかりやすかった。

「もともと社会学の研究ではデータを重視したり、統計に基づいた研究をしている人も多かったんだけどね。よりそれを明確化したってところかなぁ」

「ええと、先生ご自身もですか？」

思い切って問いかけた俺に森教授は眼鏡の奥の目を細めてうなずいた。

「ボクも、社会学者の中ではデータや統計にこだわっているほうだったからねぇ。自然な配置転換だったんだ」

それで新設される学部の所属になったということか。

黙って聞いていた工藤先生がにやりと笑みを浮かべる。

「ほら、おもしろそうだと思ったろう？」

図星だ。ちょっと好奇心を惹かれてしまった。

ただ、と俺は慎重に考える。

大学での研究を通して「社会」というものを知ることができたとして、だ。実社会でそれがどんな役に立つのか。もちろん大学そのものは研究機関なのだから、研究そのものが大事なのはわかる。しかし、俺はおそらく研究者向きの性格ではない。それでも学ぶ意味があるとしたら……。

ビジネスの課題を克服する、と言われても、そもそもその解決策として『ソーシャル・データサイエンス』が有効というのはどういう理屈なんだろうか。そしてビジネス以外にも応用とかできるんだろうか。

思い切って俺は目の前の教授に問いかけてみることにした。

「あの……」

眼鏡の奥の瞳が俺を見る。

背中がすこし冷たくなった。教授の表情は笑みを作っているのだけれど、俺がなにがしかの浅知恵でも披露しようものなら即座に突っ込まれそう。

「政治やビジネスの現場の問題解決と先ほどおっしゃいましたけれど……」

「そう、だね。まずは——という感じかな。将来的には社会におけるあらゆる課題の解決へと応用できる、とボクは考えているけれどね」

「あらゆる社会の課題を解決……って、具体的にどういうことですか」

「ふむ。たとえば、『離婚』という現象に対して社会的なアプローチはどうあるべきか」

「えっ、離婚……？」

離婚。

夫婦が別れること。

いや、単語の意味はわかっている。だが、その言葉が自分の脳へと達した途端に、俺は表情が強張（こわば）るのを自覚した。無意識に呼吸が浅くなる。汗がじっとりと額と脇の下に浮かぶのを感じてしまう。

森教授がちらりと工藤先生のほうを見た気がする。

「ふむ。センシティブな話だから、もちろん興味本位の問いなどではないことを先に断っておこう」

「あ、はい」

森教授は俺の目を見つめながら言葉を選びつつ問いかけてくる。

「キミは、離婚という現象は、個人の問題、社会の問題、どちらに分類されると思う？」

質問の意味がすぐには呑みこめなかった。

俺は、頭のなかでたぶん三度は森教授の言葉を繰り返したと思う。そもそも、「離婚は」と言わずに、「離婚という現象は」と言葉を足したのにも意味があるはずだった。

「確認させてください。現象として離婚を捉える、ということはつまり、社会現象として離婚を捉える、みたいな意味で正しいですか？」

問いに問いを返したのに、ふわっと森教授の口許に小さな笑みが浮かんだ。

「それであってるよ」

しかしそれは……。

「問いそのものがおかしくないですか？」

「なぜ、そう思うんだい？」

「夫婦が別れるのはあくまで個人の問題、だと思います。当人同士の性格とか、行動とか。そういうすれ違いの結果で、離婚に至るのではないかと」

「では、ちょっと表現を変えてみようか。『離婚率の増加』というのは近年のデータにも現れている日本社会における社会問題のひとつ、だね？」

「はい。……え？　あっ」

言ってから気づいた。

あ、と口を丸く開けてしまう。森教授がさらりと言葉を加えてくる。

「と、いまキミは『社会の問題』だと躊躇なく受け入れたろう？」

揚げ足取り……ではない。

表現を変えることで俺の認知へと切り込み、「離婚という現象」は社会問題としても捉えられるということを示してみせたわけだ。

「その言われ方をすると……社会の問題に、思えます」

工藤先生がずずっと珈琲を啜ってから（普段、音なんて立てない人だから、これ、聞いておくれってアピールなんだろうなあ）俺が顔を向けるのを待って口を開いた。

「アシモフだよ、アシモフ」

ああ。

そうか。さっき言ってたっけ。

人間はひとりひとりは自由意志に基づいて自由に行動する。だが、社会の中でその行動は集積されて社会現象となる。

ひとつひとつの離婚が個人の自由意志に基づくものだとしても、社会の中で蓄積されたその行動はひとつの社会現象として捉えることが可能だってことか。

森教授がヒントを出す弟子を見て苦笑しつつ語る。

「まあメディアでセンセーショナルに扱われるような、結婚した男女の3割が離婚！　みたいな話はいまいち本質を捉えていないのだけどね。あれらは最新の婚姻数と離婚数を比較しているから。新しく婚姻した夫婦がそのまま離婚しているわけではないし、たとえその年の離婚数が横這いでも婚姻数が減ったら離婚の比率は高くなるからなぁ」

早口でまくしたてられ、俺はふたたび脳を全力で動かさざるを得なくなる。

「よく言われる3割が離婚っていうのはそんなに変な数値なんですか？」

「あれらは、毎年の婚姻数と離婚数の比率を見ている。それが単純すぎておかしいことはわかるかい？」

「ええと……」

森教授がいまさっき言った言葉をよく思い出してみようか。

新しく婚姻した夫婦がそのまま離婚しているわけではないし——だっけ。

それはそうかもしれないな。

社会が夫婦の婚姻や離婚に影響を与えると仮定して。

その結果として婚姻や離婚へと導くのだとしても、一般的には、知り合ってから結婚に至るまでの時間のほうが、夫婦が離婚に至るまでの時間よりも短い。結婚年齢の大多数が人生の前のほうにあるのに対して、離婚は結婚直後から人生の晩年に至るどこの時点でもありえるのだ。つまり、婚姻の原因と離婚の理由、そこに社会からのなにがしかの影響があるとしても、影響している時期はズレているはずだ。

だとしたら「今年は3割が離婚！」みたいな言説にどれほどの意味があるか。ある年の婚姻数と離婚数を比較するだけにはあまり意味はない、と言える。

わかりやすく考えてみよう。

たとえば——。

前の年は10組結婚しました。離婚したのは2組でした。この場合、20％の離婚ということになる。

今年も離婚した数は2組で横這いでした。でも結婚したのが8組だけでした。という場合は、離婚したのが8分の2だから、25％となる。

各年の離婚した数は増えていないのに、婚姻数が減れば、見かけ上は離婚した割合が増えたように見える。

それから考えても、毎年の婚姻数と離婚数の比を見るだけでは、離婚が増えているのか減っているのか。ましてや、その背後にどんな社会的な理由があるのかなんて考察できるわけがない。

「でもじゃあ、上手に数字を見るにはどうしたらいいんでしょう？」

「だから、『離婚率』というものが定義されている」

「離婚率……離婚の割合ですか？」

「ちがう。統計データで離婚率と呼ばれるものは比率じゃないんだ。それは人口1000人あたりの離婚数を言う。詳しい導き方を言えば、年間の離婚届出の件数を、人口数で割った数字に1000を掛けたもの、だよ」

件数……なのか。

ああ、そうか。わかった。

「社会の中で離婚が増えているかどうかを見る為には、婚姻数と離婚数との比ではなくて、集団の中で増えているかどうか、もっと直接的に見える数値を使う必要があるんですね」

思考の結果を開示すると、教授は嬉しそうな顔でうなずいた。

「この例からも、データを見るときには慎重さが求められるということがわかるだろう？それがデータの分析や解析だ。社会学においてもデータサイエンスを学ぶことの重要性は感じてもらえたかな？」

「はい」

なんだこれ。おもしろいぞ。数字を見るだけでもおもしろいのに、どういう見方をすれば必要な情報を得られるのか。その切り取り方も探れるのか。膨大なデータの新しい見方を作るのも研究ってことだ。

「俺……。ああ、僕は――」

「はは。まだキミはここの学生ってわけじゃないんだ。かしこまってしゃべらずとも構わないよ。楽にしたまえ」

「いえそんな……」

還暦前後の教授を前にして自分を俺呼ばわりできるほど俺様にはなれなかった。

「ええと、自分は離婚はあくまで夫婦の問題としか捉えていなかったんですけど、つまり先生のお話だと、それは個人の性格や価値観だけの話ではなく、社会の仕組みや構造上、どうしてもそうなってしまうかもしれない原因があるってことですよね？」

離婚に至る原因、か。

両親の離婚を思い出し、俺は心にちくりと針で刺したような痛みを感じる。

毎夜の喧嘩（けんか）、家の中の冷たい空気、味のしない食事、見られることのないままテーブルに載っていた授業参観のプリント……。そういった記憶が浮かび上がりそうになり、必死で蓋をしつつ俺は考える。

個人の自由意志の結果を反映したものが社会の傾向。

これはわかる。

おにぎりの具の好みはそれぞれだけれど、売り上げデータを見れば、ツナマヨがもっとも多いから、人類はツナマヨを好む傾向があると言える——みたいな話だ。

だが、その逆に社会そのものが個人の意思決定に影響する、というのは、具体的にはどういうことだろう。

言うなれば、離婚が増える社会は『離婚しやすい社会』になっている、という話になるわけだが……。


　そこから森（もり）教授と工藤（くどう）先生は俺に色々な話をしてくれた。

離婚に至る理由には様々なものが考えられる。

たとえば、就業時間。いつ働いているのか。どれだけ働いているのか。それによる生活リズムの差異が離婚へと至らせることもある。

介護の有無。両親との同居の有無。子どもの有無。食事の回数。食事の内容。ＳＮＳの利用時間。娯楽の内容。性行為の頻度。


　そういった様々な要素が絡み合っているはずだ。それらのデータには集めやすいものもあれば集めにくいものもある。どちらにせよ、まずはそういう基礎的なデータを集めて、さらに分類することが大事だと森教授が言った。

「分類、ですか」

「すべての科学は博物学から始まるんだよ。集める、分ける、名前を付ける」

　そうして分類が終わったら、背後に隠れているルールを探す。

　背景に、何か法律が関係していないか？　ニュースが関係していないか？　教育が関係していないか？　宗教が関係していないか？　新しい技術が関係していないか？

　考えられる仮説がたくさん出てくる。

「男女の給与格差が減ったことで生活の基盤を男性に依存することが減り、所得の低下を恐れることが少なくなった社会だから離婚を選択するハードルが下がっている」

とか。

「弁護士事務所の自由競争の結果、離婚相談を煽るような広告が乱立し、以前なら離婚の手続きそのものが億劫で踏みとどまっていた人も弁護士を使うようになった」

とか。

「それこそ工藤クンが研究している倫理もそうだね」

「ええまあ。私は社会学的なデータよりも、個人のパーソナルな事情のほうが見てて楽しいですが。それはそれとして社会の倫理観とは時代によって変化するもの。そして、人間の行動はその社会が醸成する倫理観にある程度まで左右される」

　それはべつに恣意的に思考操作されているといった陰謀論ではなく、自然の摂理、現象みたいなもの、と工藤先生が語る。

「離婚を忌避する倫理感覚が薄れれば離婚は増える——かもしれない」

「なる、ほど」

「まあそも、離婚は忌避されるべきものか、という議論が必要なわけだが」

倫理感そのものをありやなしやで捉えようとするところは工藤先生らしい。

ともあれ、と森教授は言った。

データを集めながら相関を探り、いろいろ掘り下げていくと、原因らしきものが見えてくるわけだ。

こうしてデータをもとに社会問題の根源を紐解いて、政府や官公庁に提言するのも、森教授の役割のひとつなのだという。

「あらかじめ言っておくが、社会問題が解決されたからといって個人の問題が同時に消えてなくなるわけではないよ。離婚率が低下しても、自分や自分の周りの離婚が止められるわけではない。社会学は社会を扱う学問だから、個人の問題は解決できない」

「それは……そうでしょうね」

「それでも、ボクは社会という大きな集団の背後に流れている社会を動かすルールがあるはずだと思っているし、それを知りたいと思っているんだ。そしてその知見が社会の人々の役に立てばいいと願っている」

白髭の老教授は眼鏡の奥の瞳を細めつつそう言った。

「それに、知らないことを知るのは純粋な喜びだよ。そう思わんかね？」

俺は思わずうなずいてしまう。

好奇心をくすぐられていた。知りたい、と思う。

両親が離婚しているからか、人と人が永遠不変の関係でいられず、絆が分かたれてしまうことの、個人的な側面には前から関心があった。人の移ろいゆく気持ちは、小説にもしばしば表現されていることだ。

それとは別の、社会的な側面はそういえば学んだことがなかった。

知ってみたいし、それにマクロの視点で人間の傾向を知れるというのは、将来どんな職に就いたとしてもプラスになるのではないだろうか。

工藤先生がにやりと笑みを浮かべた。

「どうだい、浅村悠太クン。『ソーシャル・データサイエンス学部』はおもしろい学部になりそうだろう？」

「ええ、まあ」

「うんうん。ぜひ、ここに来て学んでくれたまえ」

「なんで他大学のキミが熱心にそこまで勧めてるのかね……」

弟子の勧誘にあきれた口調で言ったのは森教授だった。

「そりゃ、森センセの弟子として師匠を立てるのは当然かと。一ノ瀬大学なら大学の箔も問題ないですし。就職の幅も拡がりますし。ほら、悪いところがなんにもない」

「本音は？」

「彼の恋人が私の大学に来そうなのでね。彼がここに来てくれれば、カップルをセットで4年間も観察できる」

「……相変わらず倫理が泣きべそかきそうなことを平気で言うねえ、キミは」

笑みが苦笑へと変わり、森(もり)教授は同情するような目で俺のほうを見ている。

まあ、でも、学ぶ内容には興味が出てきた。

ここまで興味を惹(ひ)かれた学問は初めてでもある。そもそもが難関なのだから受かるかどうかは別だけれど、新設されるという学部は俺の中ではかなり魅力を感じる場所になっていた。なにより、俺は目の前の教授に対してすでに「このひとの話をもっと聞きたい」と思ってしまっている。

「おもしろそうだ、と自分も思います」

「よしよし、森教授のもとで学ぶんだね。それじゃあ、私はキミの姉弟子にあたるわけだ。よろしく頼むよ、弟クン」

受かる前から何を言っているのか。俺まで苦笑してしまう。しかし、もしそうなったら、読売(よみうり)先輩の恩師が姉弟子って、ずいぶん複雑な相関図になるなぁ。

帰りの足取りは軽かった。

電車に揺られている間も、俺は、森教授の話を思い返してはあれこれと自分なりに考えてしまう。

個人のパーソナルな行動が、社会において集積され、あるひとつの傾向——社会現象として姿を現すことがあり、その社会現象が個人へとフィードバックされて、個人の行動に影響を与える。

聞かされた話は、簡単にまとめればそういうことだったと思う。

言われてみれば当たり前のことだけれど、俺はそういう視点で「結婚」とか「離婚」という個人的なイベントを見たことがなかった。

それは俺の好きな「新しい物の見方」ってやつでもあったわけで。

頭の中に配線が組まれて新しい回路ができあがったような感覚がある。

あのあと、大学構内をあちこち歩いてオープンキャンパスに参加した。

各学部の紹介の動画も見て回ったけれど、自分の視点が変わったのか、それまでよりもどれも面白く感じた。今の自分の視点でもういちど以前に訪れた大学も見直してみたくはある。まあ実際はさすがにそこまでの時間は取れないだろうけど。

資料を読み返すだけでもしてみようとは思う。

それでもなお、この大学に惹かれたのならば、ここを第一目標にしたいな。そんなふうに感じている自分がいた。

丸にも感謝だ。３日間のオープンキャンパス巡りは、元はといえば「頭の中身を紙に書きだしてみろ作戦」からの流れによって思いついた行動である。

渋谷の駅で降りたとき、改札から吐き出されていく膨大な人の流れを見て、俺はその流れに押されながらも、ぼんやりと思った。当てもなく出鱈目に流れていくように見える人の流れ。けれど上空から見れば、その流れにも規則性みたいなものが窺えるのだろう。建物内に「動線」――人と物の動きの架空の線が引けるように。

食事を求めてさまよう人々、落ち着く我が家へと向かって足早に繁華街を抜けてゆく者、遊ぶために娯楽施設を徘徊する人たち。

そしてそれらの人々を誘うべく、建物の壁いっぱい広がるデジタルサイネージの数々や色とりどりのポスターたち。無視されるものもあれば、心を惹きつけられてふらりと行き先を変える人もいる。誘う声、導く音、心を沸かせる音楽――つまり環境によって個人の行動を変えようとするものが広告である。

小さいものであれば、書店の中のポップや面陳ディスプレイだって、購買意欲を掻き立て、財布の紐を緩めさせようとする、つまり個人の行動に影響を与えようとする施策なわけで、そうやって変化させられた購買行動が次に出る本の企画へと影響を与える。

自分の行動が自由意志によるものだけでなく外部環境によって影響されているのかもしれない、という考えはある種の怖さも掻き立てるけれども。

——そうか。俺はもしかしたら工藤准教授とは逆で、今まで個人の行動は個人だけによると思ってたから、新規性を感じて、社会現象というものに興味が出てきているのかも。好奇心というものは強いモチベーションになり得る。将来にまで繋がるものなのかどうかはさておき、今の俺はこういった個人と社会の相互作用みたいなものを知りたいと強く思っているのだ。

思いにふけりながらマンションのエントランスを抜ける。我が家の扉に掛かる浅村家の表札を見て、思考の海からようやく浮かび上がって現実という島に上陸した。

ただいまの声とともに扉を開ける。おかえりの声がキッチンから聞こえて覗けば、なんと親父が夕食の準備をしている。

「あれ？　今日、俺の当番だよね」

「そうなんだけどね。亜季子さんと買い物に行ったときに美味そうな魚を見つけたんだよ」

見れば、キッチンのテーブルの端に今から焼かれんとしている細く長い魚が、パックのビニールを剥がした状態で置かれている。

「今が旬だし。最近は秋刀魚も高いけれど、今日はたまたま安かったからね。まあこれを焼くくらいなら僕でもできるし。ふたりとも受験勉強に忙しいだろうと思ってさ」

「魚を焼くだけなら、たいした手間でもなかったけど」

と、言ってしまえるくらいには最近は俺もそこそこ料理をしているわけで。

「まあ、僕も今日は休みで一日中だらだらしていたし。これくらいは動かないと体がなまってしまうから。いいよいいよ、悠太も夕食の時間まで勉強しておいで」

悠太も、ということは綾瀬さんも部屋で勉強中か。

「それは……助かるけど。いいの？」

「大学巡りで疲れてるだろうし。でも、その顔だと、すこしは成果があったようだね」

俺の顔を見つめながら言われた。

見抜かれてしまうほどには収穫があったということだろう。ふと気づく。

「もしかして心配掛けてた？」

「根を詰めてやしないかとは思ってたけどね。まあ、いい気分転換になったみたいだ」

俺はうなずいた。

同時に目指そうとしている大学が国立の難関であることも思い出した。

「やらなきゃいけない勉強の量も増えた気がするけど」

「それは安心だ」

ん？　どういうことだろう？

俺の顔に浮かんだ疑問符を目聡く見つけたのだろう親父は言い足した。

「ぼんやりと絞り切れずに勉強していたように見えたからね。自分に何が足りないのかが自覚できたようなら身に着くだろうと思ってさ」

なるほど。

「学ぶには機があると僕は思うよ。乾いた砂に水が染み込むように吸収するためには乾いているかどうか自覚する必要がある。どこに繋がるかわからないまま漫然と学ぶのは大変だからね」

「親父も？」

「そりゃそうだよ。社会人になれば勉強が必要なくなるってわけでもないさ。学ぶことなんて成長したければ一生つづくものだ。学生時代は学び方と学ぶ習慣をつける時期だと僕は思ってるからね。何を学んだかよりも、それは重要なことだよ」

「一生かぁ」

「学生のときよりも気分的には楽だよ。必要だから学んでいるという感覚があるからね」

そういうものだろうか。

「ご飯は8時頃でいいかい？」

俺は反射的に壁の時計を見た。

あと……2時間くらいか。

「ちょうどいいかな」

「間に合うように支度するから、時間になったら沙季ちゃんにも声を掛けてあげて」

わかったとうなずき、俺はお任せしてしまってキッチンを後にする。

自室へ引っ込む直前、そういえば今日はまだ綾瀬さんの顔を見てないな、と思い出した。顔を見たい、と思って部屋の前まで行ったものの、ノックの前にためらう。今日はバイトだったはず。疲れて帰ってきて寝ているかもしれないし、受験勉強中かもしれない。

もう2時間もすればどうせ夕食で呼ぶわけで……。それに毎日顔を合わせているわけだから、そこまで久しぶりではないはず、なんだけど、なあ。

踵を返して俺は自室へと戻った。どうせすぐに顔を見ることができるのだからと。

ちなみに親父は休日だったが亜季子さんはふつうに仕事だ。もう店に出ている。

部屋着に着替えてからアラームをセット。それから俺はさっそく今日のぶんの受験勉強を再開する。この3日間はオープンキャンパス巡りでだいぶ時間を使ってしまった。

参考書とノートを開いて問題集を解き始める。始めるとすっかり集中してしまって、ふと気づけばなにか音が鳴っている。

扉をノックする音だと気づいた。

「悠太兄さん」

遠慮がちな声。

反射的にスマホで時間を確認する。集中してタイマーを聞き逃したかと慌てた。

19時15分。アラームの時間にはなっていなかった。ほっとしつつ、俺は返事とともに扉を開ける。

「ごめん。呼んでるの聞こえてなかった」

「あ、ごめんなさい。集中してた？」

「いや、そろそろ切り上げようと思ってたところ。だいじょうぶだよ。なにか？」

それに顔が見れて嬉しいし。

綾瀬さんはええと、とすこし言い淀む。

言おうかどうしようかと迷っているような表情だけれど、それはためらっているというよりもとっておきの秘密を打ち明けるときのような顔だ。なんだろう、と思いつつ、綾瀬さんもこんな表情をするんだなと思った。

「その、ええと……ね」

「もしかして何か相談事？」

「うーんと、ね。ええと、浅村くんも受験勉強で忙しいことは百も承知だし、もちろん全然断ってくれてもいいんだけど」

家の中で兄さん呼びではなく浅村くん呼びは久しぶりだ。距離が遠くなるはずの苗字呼びなのに、兄さんと呼ばれるよりも彼女を近く感じる。

「言ってくれないと断るも何もわからないけど」

「ええとね。ちょっと遊びに行くお誘いで」

なるほど。だから、受験勉強の差し支えになるかもってわけか。

とはいえ……。

「息抜きも大事だよね」

と思うのだ。どうやら俺は集中すると自分の体の限界を無視してしまう傾向があるらしいとわかってきた。丸(まる)も言っていたっけ。ルーティンワークを崩すのは悪手だと。平常心を保たねば解ける問題も解けなくなる、って。

「そう言ってくれると言い出しやすくなるから甘えちゃうけど」

そして綾瀬(あやせ)さんの切り出した遊びの誘いというのが意外な方向の内容で。

綾瀬さんにそんな趣味があるとは思っていなかったし。

浅村(あさむら)くんはさ、と語る彼女の目には、おそらく俺がここで断ってもひとりでも行くのだろうなと思わせる好奇心に満ちた光が宿っていた。

「ライブハウスって、興味ある？」

# ●9月20日（月曜日・祝日）綾瀬沙季

まだ9月、もう9月。

どちらとも言えるけれど、私は「まだ9月」と考えるほう。焦ったってしかたない。

秋の3連休の3日目だった。２日間を受験勉強へと費やした私は、３日目だけは書店のバイトに入ると決めていた。

受験を控えているし、今の生活が苦しいわけではない。やめてもいいのだと言われればそのとおり。でもこれは自分なりのけじめのようなものなのだ。大学に進学したらきっとお母さんたちは喜んで私と浅村くんの学費を負担してくれるだろう。勉強ややりたいことに集中してと温かい言葉もくれるだろう。適切な頼りかたはするつもりだ。でも、甘えて恩恵に与ろうとは思わない。高校生のバイト代じゃ学費にはとても足りないけれど、ただ寄りかかるだけのつもりはない、という意思表示はしたかった。

というわけで、昼からのシフトでバイトに入った。

行楽シーズンだからかバイト店員も休みが多くて、しかも今日は浅村くんも読売先輩もいないとあって、店長が不安がっていた。それも休めなかった理由のひとつ。

しかもこういう忙しいときに限って、ベストセラー間違いなしのハードカバーの新刊が狙ったように発売されていたりする。

ハードカバーの新刊を購入していくお客さんはブックカバーをかけてほしいと希望する確率が高い。慣れてきた私はともかく小園さんはまだ手間取ってしまうので、適宜、先輩の私がフォローすることになっていた。

小園さんのレジのほうの列に5、6冊ほども本を抱えている客を発見すると、ちらりと彼女とアイコンタクトを取る。

（代わろうか？）

（お願いします）

視線のやりとりがあって。その客がレジ前に来る直前のタイミングで、さりげなく打つレジを交代する。

そんな感じでふたりで頑張っていたのだけれど、それでも時々追いつかなくなるほど列が伸びてしまうことがあって、店長までレジに入ってきてもらうことが何度かあった。

「3時からふたりシフト入るから。そうしたらちょっと休憩取ってくれていいよ」

そう店長に言われて、私と小園さんは3時まで頑張った。

やり切ったときには思わず拳をお腹の前で握って小さくガッツポーズを取ってしまった。

「休憩、はいりまーす」

小園さんが店長にひと声掛けると、さっさとレジを出て事務所へと歩いていく。こちらにちらとも顔を向けない。声も掛けてこない。

私も、小園さんにすこし遅れて事務所へと向かう。あまり長く休めないけれど、お茶をゆっくり飲むくらいはいいだろう。それとも外の自販機かコンビニで何か買ってこようか。そんなことを考えつつ事務所のドアをノックして声を掛けてから入った。

部屋には小園さんひとり。給茶機でお茶を淹れているところ。

私はとりあえず手近な椅子を引き寄せて座り込む。はあと特大の溜息を零しつつ私は目を瞑って眉間の間を揉みほぐした。息をつく暇もなかった。さすがに疲れた。

コトン、と机の上で小さな音がして目を開ける。

「どぞ」

いっそぶっきらぼうにも思える口調で小園さんが言いおいて、机を回ってあっち側に座るところだ。私の目の前にはお茶を淹れたばかりの紙コップが置かれていた。

「私に？」

「他に誰がいるんですか」

「えーと。うん、ありがと」

「気持ちわるいのでお礼とかいいですから」

「いやこれは一般常識的礼儀だし」

「……なら、いいです。いえいっそ、もっとお礼を言ってくれてもいいですよ？」

もっと、お礼かあ。

「あ、そうだ」

私は席を立つと、そのまま更衣室へと向かう。戻ってきた私の手には小さなビニールの袋がある。開けてその中身を小園(こぞの)さんに差し出す。

「いっしょに食べよう。小腹が空(す)いたときのために焼いてきたんだ」

「なんです？」

「クッキー」

「この時期まで受験生がバイト三昧していて、そのうえまさかの手作りですか」

「一昨日(おととい)と昨日は受験勉強してて家から出なかったからね。気晴らしも兼ねて休憩時間に焼いたの」

「余裕あるんですか。それともバカですか」

先輩に対して言う？　それ。

「どうかな。クッキーを焼くくらいは別に手間じゃないし」

「ここでまさかの料理上手アピールですよ。しかし、なんで秋に桜の花びらの形に作ったりしてるんですか」

「えっと。それいちおうハートの形のつもりなんだけど」

「ハートはもっと丸まっちいもんでしょ。これ、細長すぎ。ハートはこうですよ、こう」

手のひらを向き合わせ、親指同士とその他の指同士をくっつけてハートの形を作ってみせる。アイドルがよくやるポーズだ。いや、今なら指ハートのほうが主流か？　あとそれ、笑顔まで添える必要あるの？　まあ、かわいいけど。

「それに対して、先輩のこのクッキーはこう！」

横に膨らませていたハートの形を思いっきり縦に伸ばして細くしてみせる。

「いやいや、そこまでじゃないでしょ。それじゃ、車の初心者マークじゃないの」

「そんなもんですってば。これは桜の花びら。もしくは若葉マーク。だいいち、女性からハートを贈られても嬉しくないですし」

別に小園さんに贈り物をしようと作ったわけでは……。

あ、食べるんだ。

「む、これは紅茶味……甘すぎず硬すぎずバランスの取れた味わい……」

「くっ……おいしい……悔しい」

小園さんは両手にひとつずつクッキーを持ってじっと見つめていた。そこまで矯めつ眇めつされると、微妙に居心地がわるいし、不安になる。

「どこかおかしいところあった？」

「いえ……綾瀬先輩を嫁にするとこれが毎日食えるのかと思うと。なんだか私はいったい誰に嫉妬しているのかわからなくなってきてですね……どうしたらいいのかと」

なにそれ。

クッキーを睨みつけ唸りながら食べている小園さんを放っておいて、私はスマホを取り出してチェックをする。

プッシュ通知がひとつ。フォローしているＳＮＳアカウントが更新されていることに気づいた。アイコンのほうにも丸で囲った「１」の数字が付いている。

私はあまり熱心なＳＮＳ利用者ではない。それでも幾つかお気に入りのアカウントというのもある。

アプリを立ち上げて、通知されたアカウント名を見る。

メリッサ・ウー、と読めた。

メリッサとは、修学旅行でシンガポールを訪れたときに出会った。

現地在住のシンガーだ。独特の恋愛観をもっている女性で、私とはかなり異なる倫理観の持ち主だったけれど、むしろそれゆえに私の凝り固まっていた頭をほぐしてくれた人でもある。

短い時間だったけれど彼女と話せて、私は自分の将来についても、浅村くんとの付き合い方についても、それまでとは違った物の考え方ができるようになった。

まあ、恩人みたいな人かなって勝手に思ってる。

メリッサは自分で歌う歌を自分で作るタイプの歌手だった。作って、歌って、そういう自分の音楽活動をYouTubeに載せている。

それで私は、知らないなりにYouTuberの配信活動というものについても調べてみた。

どうやら、グッドボタンを押し、チャンネル登録をすると有難いものらしい。

メリッサとはすこししか話せなかったけれど、それでも私に大きな影響を与えた人であることは間違いなくて、お礼を言いたかった。それに私は彼女の歌声にも、とても惹かれたのだ。そういうわけで私は彼女のアカウントをフォローした。たまにアップされる新曲を聴いては元気をもらっている。

彼女との出会いがあった修学旅行は今年の2月のことだったから、もう半年以上が過ぎているのだけれど、その当時はまだ８３８人だった彼女のアカウントのフォロワー数は、現在は３２００人にまで増えていた。４倍近い伸び。凄い。自分のことでもないのになんとなく誇らしさがある。

「あ、新曲ってわけじゃないのか……」

通知を追っていくと、更新されていたのは、コミュニティ投稿の欄だった。時刻は私が通知に気づくわずか5秒前。写真が添えてあった。それを見てはっとなる。どこからどう見ても私が今勤めているバイト先の近く、渋谷のスクランブル交差点にしか見えない場所で自撮りしているメリッサが映っていたのだ。

え？　これって……。

慌ててコメントを読む。簡潔で明瞭な英語でさらりと「日本に来たよ〜！」的な言葉が添えてあった。聞いてないよ！　そんなこと言ってたっけ？　いや、別に私に断る必要もなければ連絡してくる理由もないんだけど。

でも、どうして日本に？

コミュニティ投稿をちょっと遡ってみると、渋谷のライブハウスでライブをやるという告知があった。

こんな告知してたんだ。

見落としていた。おそらく、ライブのお知らせという文字を読んだとき、シンガポールでのことだろうと勝手に思い込んで脳がスルーしたにちがいない。渋谷、と漢字で書いてあれば目立ったのだろうけれど、彼女のコメントは全文が英語だった。

会いたいな、と、ふと思う。

私は私自身がわからなくなっている。すこし前の真綾との会話でそれを思い知らされたばかりだ。

真綾に「変わったよね。いい意味でアホになった！」って言われたときの話だ。

私はそこまでの変化が自分にあったという気がしていない。そして、私は今の私が外からどう見えているのかわからなくなっていると自覚したのだった。

己の姿に迷う私に比べて、メリッサは明瞭に自分というものを持っている気がする。

なんといっても彼女はもう、自分の身ひとつで稼いで生きている。その進む道は私とはきっとかけ離れたものだと思うけれど、だからこそ彼女との会話は刺激に満ちた楽しいものになるだろうという予感がある。

そんなことを考えていて、ふと気づいた。日記が「自分のかたち」を映し出し、自分を知るための鏡になるとしても、鏡だけではわからないことがあるのだ。

それは自分のかたちと世間の「ずれ」を知ること。

日記によって言語化すれば、心の中にあるものがどんな形なのかを表に出すことはできる。でも、その形は自分にとって「ふつう」なので、他者のもっている形とずれていても気づかない可能性がある。

たった今もそのことを思い知らされる出来事があったばかり。

私にとってのハートの形のイメージと、小園さんにとってのハートの形がちがった。

どちらも同じような特徴をもっている。丸まっていて、上のほうにちょっと切れ込みがある。特徴だけを抜き出して語ればきっと会話は成立してしまう。でも、自分が思っているハートの形と他人の考える形は、それを互いに見せ合って突き合せるまでわからない。

他者との対話は——自分と異なる精神をもつ人間との会話は、自分というものの形の、ずれを知ることができるのだ。それは日記だけではできないこと。

そうか。自分を知るためには自分を外にさらけ出すだけじゃ足りないんだ。

メリッサと話してみたいな。

私はスマホを握り直し、指を動かしてメリッサのコミュニティ投稿のコメント欄に書き込みを始めた。

果たしてメリッサがコメント欄までこまめに読んでくれるのかわからない。けれど彼女が日本に来ている（それも、ものすごく近くに）このチャンスを逃したくない。

私とメリッサは名前をお互い伝えあっているから、「綾瀬沙季(あやせさき)です」と書けば、思い出してくれるとは思う。でも、SNSで本名を書くのは抵抗があった。

『お久しぶりです。覚えてないかもしれませんがSakiです』

他のコメント欄の人たちの名前に日本人っぽいのがほとんどいないから、このSakiという書き方で伝わってくれる可能性は高い、と、思う。

『実はいま近くでバイトしてて。お時間があったら会いませんか』

……と。こんな感じかな。

彼女が気づいてくれるかどうかもわからないし、気づいても、失礼だなと怒られるかもしれないとも思う。

それでも私はこんな機会は二度とこないんじゃないかって思った。

やってする後悔のほうがマシってやつ。

「でっかい、溜息(ためいき)ですねー」

小園さんの声に顔をあげる。

「え、あ。私、溜息なんて、ついてた？」

「それはもう特大のやつを」

いや、たぶんそれは溜息ではない。目的を達成してやったぜ、とひと仕事ついたときについた息なのだと思う。

やってやったぜというか、やってしまったぜ、かもしれないけど。

果たしてメリッサは私のコメントに気づいてくれるだろうか。

「だいじょうぶですか。クッキー食べます？」

「ああ、うん。って、いやそもそもこれ私の作ったや……あ」

顔をあげて小園さんを見て、それから手元に視線を戻したその一瞬でもう私のコメントにレスが付いていた。はや！　しかも、メリッサからだ。

「食べないんですか？　あたしが食べちゃいますよ」

「うん」

「え？　いいんですか？　ほんとに食べちゃいますってば」

「うん」

なんか小園さんが言っているけれど、それどころじゃなかった。メリッサの返信に急いで目を通す。どうやら、Sakiが私だと気づいてくれたみたいだ。ワオ、ひさしぶり。元気してる？　――みたいなことが書いてある。さすがにオープンなコメント欄で細かい話をするのはアレだということで、メールで話したい、と言ってきた。

私としても否やはない。言われてチャンネルの概要欄を確認してみると連絡先が見つかった。メールを送り、そこから両方が利用しているメッセージアプリのＩＤを交換する。メッセのやりとりでこれから会う約束を取り付けて、ふたたび顔をあげたときには、もうクッキーは最後の１枚しか残っていなかった。

小園さんがちゃんと残しておいてあげましたよと言うのだけれど、その１枚さえ食べたそうな顔をしながら言われてもね。

食べる？　と差し出そうとしたら、事務所のドアがノックされた。

店長がそろそろまた混みそうだからと声を掛けてくる。

「いま、出ます」

私の返事と同時に小園さんも「わかりましたー」と声を返している。

「それ、どうします？」

残った最後の１枚を小園さんが指さした。

「食べちゃう」

最後の１枚のクッキーをビニール袋から取り出し、急いで口の中に入れてせっせと噛み砕いた。残っていたお茶で口の中を流してから、念のためにクッキーの甘い香りを、ポケットの中に入れてあるミントタブレットをつづけて噛み砕くことで打ち消す。

私の飲み干した紙コップを小園さんがひったくって自分のぶんと一緒にダストボックスに投げ入れてくれた。

「これも捨てちゃってくれる？」

中身を出した袋を丸めて小園さんにテーブル越しに渡すと、受け取った彼女は、それもまとめてダストボックスに。

「ありがとう」

「お先に出ますよ」

「うん。行ってて」

掛けているエプロンの紐や名札をチェックして整えてから私も店内に戻る。シフトが終わるまであと1時間。

終わればメリッサに会える。


「お疲れさまです。では、お先に」

さらりとそれだけ言ってさっさと小園さんは更衣室から出て行った。

それ以上の会話を交わすでもなく、バイトとして入ってきた頃のあの人懐っこさは影を潜めたかのよう。いやちがうな。相変わらず店長とか読売先輩とか浅村くんには愛想が良いのだから、あれは私にだけだ。

たぶん、小園さんは自分で言っていたとおりに「ありのままで他人の前に出たら嫌われる」と思っている。だから愛想良くしている。裏を返せば、素のままの小園さんはそこまで愛想が良くないわけで……ああいうそっけないのが小園さん自身なのだろう。

それでも不思議と嫌な気持ちにはならない。それどころかどこか懐かしさを感じてしまう。ああ、そうか。高1の頃の私と似ているからだ。

事務所の扉を開けて出て行くとき、「お先に」と言って振り返った小園さんの髪が翻り、インナーカラーが目に焼きついた。黒髪の自分を自分だと思えなくて入れたという赤みのかかった色。意外と好戦的で、勝ち気で。たぶんそれが「小園さんのかたち」なのだ。

真綾の言葉を思い出した。

『前の沙季はひとを寄せつけない、よく言えばクールビューティーでドライでカッコいいって感じだったけど』

『別に前のままだと嫌いってわけじゃないもん。あれはあれで好き』

あれはあれで、かぁ……。うん。そうだね、ああいう小園さんも悪くない。

スマホが震えて着信を伝えてくる。

メリッサからだ。

書店の入っているビルの前に着いた、という知らせだった。慌てて着替えを済ませて私も待ち合わせ場所へと急ぐ。

自動ドアを開けて建物の外に出る。左右を見回すと、柱に背中をもたせかけている金髪で褐色の肌をもつ女性が目に飛び込んでくる。メリッサだ。季節はそろそろ秋なのだけれど、まだ暖かいからか、スポーティーで露出度高めの服を着ていた。白のタンクトップに迷彩柄のショートパンツという格好。デニム生地のキャップをすこし目深に被っていた。

そちらに向かって足を踏み出すと、同時に彼女も気づいて顔をあげた。私を見て微笑みを浮かべ手をあげてくる。

「サキ！」

「メリッサさん、ひさしぶりです」

「サキも元気だった？」

そう日本語で言ってくる。私は笑顔でうなずいた。

メリッサは台湾出身の母と日本人の父のミックスで、日本で学生時代を過ごしたことがあって日本語も話すことができる。得意ではないと謙遜するんだけど、日常会話に不便なく操れるのだから達者と言ってもいいと思う。

「で、どこ行く？　どこで話そう」

ええと……。私はスマホのマップを見せながら選んでおいたカフェの場所を指さした。

渋谷駅からさほど遠くない、代官山寄りの店舗だ。神宮通りを南に下って玉川通りを越えてさくら坂をちょっと下ったあたり。

「何かおいしいお茶かスイーツでもあるの？」

「そうじゃないんだけど」

私はメリッサに門限の時刻（それより遅くなるときは連絡を入れることになっている時刻のことだ）があること、その店であれば自宅に近いのでギリギリまでお茶を飲みつつ長話ができることを告げる。

道順もややこしくないので、メリッサが駅に戻るのも難しくない。

メリッサは、じゃあそこでいいよと言ってくれた。

「それに、この店ならさほど高くないし」

私としてはそこも大事なのだ。メリッサは「奢るよ？」と言ってくれたのだけど、私はそこは謹んで辞退させてもらった。

誘ったのは私なのだから、さすがに奢らせるわけにはいかない。そこは割り勘でお願いしたい。たとえ相手が社会人で自分が学生だとしてもだ。

バイトしている書店から10分ほど歩いたところにあるそのカフェは、チェーン店だけれど、落ち着いた雰囲気の店だった。木製に見える椅子とテーブルが、抑えた照明の下に整然と並んでいる。お茶の時間には遅く夕食には早い時間。いつもなら混んでいて待たされるのに今日は楽に席を確保できた。席間がゆったりめにとってあるおかげで他の客が気にならなくていい。

私はブレンド珈琲、メリッサはクリームソーダを注文。それ、ジャンボってメニューに書いてあるけど、だいじょうぶなのかな。

「もうちょっとしたら夕食の時間だし。これくらいにしておかないとね」

この上、さらに食べるのか。そうか。

私は自分の食事量を「ふつう」だと思っていたけれど、ひょっとして小食なんじゃないかと思えてきた。

再会の挨拶を繰り返してから、私たちは近況を報告しあう。

開口一番でメリッサが言う。

「で、例の彼とは仲良くやってる？」

飲んでた水を吹き出しそうになる。

初手恋バナ!?

みんなぜそこまで他人の恋愛話に熱心なのか。

とはいえ、メリッサにはとてもお世話になったので、素直に伝えないのもフェアではない気がする。

「えっと。まあ。はい」

「いいね！」

すこし照れつつ肯定すればメリッサはからかうでもなく真面目な顔に戻って微笑んだ。

こういうところは周りのみんなとはちょっとちがう気がする。

「そっちはどうですか？　日本でライブなんて、音楽活動、順調なんですね」

「あーええと、おかげさまで？　まあ、ぼちぼちかな。みんながアタシの歌を思ったよりも聞いてくれて嬉しい」

聞けば、日本にも熱心なファンがいるらしく、そういったひとたちの中には生のライブを見たいという声もあったようだ。そのあたりが来日へと繋がったのだろう。

「いつ着いたの？」

「昨日！」

「じゃ、ほんとに着いたばかりなんだ」

メリッサがうなずいた。昨日の遅くに着いたから、まだあまり東京を見て回れていないとのこと。とはいえ、観光が目的ではなく仕事で来ているわけで、そこまで遊べる時間も取れないようではあった。

「ひさしぶりの日本だけどさ。観光客として来ると日本っていいなあって」

「え？」

「意外そうだね」

実際、意外だ。

メリッサは日本の生活の窮屈さから逃れるためにシンガポールへと渡ったのだと思っていたのに。

あ、いや待って。いま、『観光客として来ると』って但し書きが付いていた。

「アタシは、自分が良いと思うような生き方を送りたくて、住む国を変えたり、付き合うコミュニティを変えたり色々してきたわけだけどさ。でも、日本が嫌いってわけじゃないんだ」

「そうだったんですか」

「だって、ごはんおいしいし！　サービスいいし！」

「サービスがいい？」

「うん。いまの日本、観光客にとってすごい嬉しいよ。他の国いろいろ行ったけど、ここは最強だね。とくに都会はさ。電車もバスもほとんど時間に遅れないでしょ。街中きれいで、めったにゴミも落ちていない。大衆向けの安いお店に入っても、店員さんたちは笑顔で親切に応対してくれる。ワンコインショップの店員だってニコニコ丁寧にいらっしゃいませ。気持ちいい～」

言ってる間に、店員さんが注文した品を届けにきた。

「こちらブレンド珈琲になります」

私の前にホット珈琲が置かれる。

「ジャンボクリームソーダです」

メリッサの前にでん、とドでかいジョッキが置かれる。私は思わず目を剝いてしまった。

このお店、もちろん前にも入ったことはある。あるのだけど、クリームソーダは注文したことがなかったから初めて見たのだ。確かにこれはジャンボの名に恥じない大きさだった。水を入れるコップの倍どころかそれ以上ありそう。泡を弾けさせる透き通った緑色の液体と上に載ったアイスが美味しそうだ。

「ご注文は以上でお揃いでしょうか？」

「はい」

私とメリッサはふたり同時にうなずいた。

どうぞごゆっくりお過ごしくださいませ、と丁寧に頭を下げつつ言い残して去る店員の背中を見つめ、メリッサがほらという顔で言う。

「ね？　親切でしょ」

「でも……あたりまえでは？」

「今の日本ではそうなのかもね。お客のほうだってみんな必要以上に声を張り上げないしさ。電車の中も静か、街の中でも静か。きれいで、落ち着いていて、笑顔でやさしく丁寧にかゆいところに手が届くように親身になって応対してくれて――嬉しい」

柄の長いスプーンでソーダの上のアイスをすくいとる。口の中に運んで「んー、おいし」と言いつつ、付け加える。

「――観光客としてはね」

私ははっとした。これで二度めだ。

クリームソーダをストローで啜る。緑の色が透明なストローを昇っていってメリッサの赤い唇の向こうへと消えていった。

「おいしー」

はあと息をついてからメリッサは話をつづける。

「旅人としてここにいるときは日本式のサービスが嬉しい。まあ、これだけ尽くしてくれるなら、もっとお金をとってもいいと思うけど。笑顔で応対してくれて、ただで水が何杯も飲めて、料理はちゃんと席まで運んでくれて、このソーダ1杯でワンコインとちょっとの値段なんて安すぎる」

「高校生にはそれでもけっこうな負担なんですけどね」

「でも、良いサービスには値段が掛かるのはふつう。ホスピタリティにフリーライドする気もないし」

ホスピタリティってのはいわゆる「おもてなし」のことだ。フリーライドは「ただ乗り」という意味。相手からおもてなしを受け取ってるのに、自分からは対価を差しださないのは嫌だ、とメリッサは言っているのだった。

「いま、旅人のときはって言いましたよね」

私の言葉にメリッサはうなずいた。

「アタシはいちおうこれでも音楽でご飯を食べようとしているわけで、だからまあ、音楽を作る人なわけだけど。音楽を作っているときはふつうでいることが酷く難しいの」

「ふつうでいることが……難しい？」

「お世話されても返せない。それどころかサービスが逆にストレスになる。考えてみて、あとすこしで良いフレーズが思いつきそうなときに『何かお困りですか？』って声を掛けられたら？」

想像してみようとしたけれど、残念ながら私はそういう芸術方面には疎いから、ピンときたとは言えなかった。では、と勉強に置き換えてみた。確かに集中して勉強しているときに声を掛けられるのはイヤだけれど……。

「でも、そういうときって放っておいてくれたりするような？」

少なくとも私の周りの人は私の受験勉強の邪魔はしてこない。

「んー。サキが想像しているよりも、もっともっとアタシはふつうじゃない」

「……もっと？」

「ん。ちがう。曲を作ってるとき、どうしても思いつかなくて、一週間、部屋から出なかったことがあった。電話線は引っこ抜いて、スマホは電源を落とした。光が差し込むと気が散るから窓は閉めっぱなしにしてカーテンを引いた。明かりはいちばん暗い常夜灯だけ。買い込んだカップ麺を食べて飢えは凌いだけど、食べ終わった容器を捨てることさえできなかった」

「できない、か。……しない、じゃなくて」

「アレがくるときってね、立ち上がっただけで消えるんだよ。音がひとつ鳴っただけで、消える。それこそ自分の発した声ひとつでも消えちゃうの。メロディーであれ、フレーズであれ。やって来るまでは暗闇の中で身動きひとつできない。息を潜めて待つ。アタシの場合はそう。獲物を待つ狩人みたいなものね」

例えがハンターなのがメリッサっぽいなと思った。

「そうしてようやっとこう闇の中にちょこっと光る鬼火みたいなヤツがやってくる。でもそれはとても幽かで泡沫のようで、しかもわずかな時間しか存在してくれない。そろそろと近寄っていってさっと掴みとるんだけど、その瞬間は、息をすることだってしたくなくなる。そうっとそうっと、近づいて、目の前まできたら、ぱっとかっさらう！　それが消える前に捕まえなきゃいけない」

「そう……なんですか」

理解したとは言えない。このときの私には、創作者の創造の瞬間というものがどこまで繊細なものなのかを思い描くのは難しかった。

　そのときなぜか脳裏に思い浮かんだのは、研究室の床で人目も気にせず寝転がって思索していたと言い張っていた工藤准教授の姿だった。そういやあの人は初めて会ったときも芝生に寝転がって怒られてたっけ。たぶんあのときも同じように横になって思索していたのだろう。あのひとも集中すると他のことがぜんぶどうでもよくなってしまうタイプに見える。

「音楽を作ってるときのアタシは酷くわがままなの。子どもの頃からそうだった。ずっと小さな頃はそれは音楽じゃなかったけどね。小学校低学年の頃ね、家の水道の蛇口が壊れたことがあって――」

　いきなり話が飛んだと思ったら……。

「――蛇口から水が止まらなくなったわけ。ぽたっぽたっと水滴がいつまでも落ちてくる。それが下のシンクに当たって、タンッタンッってリズミカルな音がする。ときどき、一気に水滴が落ちて、タタタン！　って別の音色になったりもする。それが面白くて、ずうっと飽きずに聞いていたことがある。ご飯よと言われても動かない。もう学校だからと言われても動かない。ずうっとずうっと聞いていて、あきれた父親が強引にアタシを引き剥がして車に放り込んで学校まで連れて行ったんだ」

「それは……凄い」

「その日の授業はちっとも頭に入ってこなかった。頭の中では水滴のドラムが鳴りっぱなし。ようやく放課後になって家に帰ったら、もう蛇口は修理されていて、水滴は落ちてこなくなっていた。泣いたよー」

ただの水の漏れる音にそこまで執着するのは……控えめに言っても珍しいだろう。

「でも、そういう自分を別に良いとは思ってない。だって周りに気を使ってもらってるのに、それにちっとも応じられてないことはわかるもの」

ああ、なるほど。

私はようやくすこしだけ理解した。

「メリッサさんは、返せないお世話をされることがストレス、と」

そう言ったら、クリームソーダを飲んでご機嫌だった顔から表情が一瞬だけ消えた。

「あー……」

「ちがった？」

「ちがわない。アタシが、自分を適度に放っておいてくれる場所を求めたのにはそういう理由もあると思う。音楽をやめるっていう選択肢はなかった。だって、それはアタシが生きていることをやめろって言うようなものだから。でも、アタシがアタシでいようとすると、日本ではみんなに一方的に気を使わせすぎる。それってフェアじゃないから、アタシは四六時中返せないお世話にストレスを感じつづけることになる。うん、たぶん、サキの言うとおりだと思う」

奔放な自由人、という印象を与えるメリッサだけれど、好き勝手、という印象がないのは、このフェアであろうとする精神があるからだろう。

「ホスピタリティだけ受け取って、自分からは何も差し出さないのはアンフェア。だからアタシは旅人としてしかこの国に居られないんだよ」

そう達観したように言うメリッサは私には大人びて見えた。

「だからシンガポールに渡った」

「そういうこと……。ただ――」

そこでメリッサはすこし言い淀み、何かを言おうとして、私の目を見て。

口をつぐんでしまった。

そして、いきなり話題を変えたのだ。

「ねぇ。そういうサキのほうは何か最近変わったことある？」

心の機微を読むのが苦手な私でも、さすがにこの話題転換は強引すぎたので察することができた。

この話題はこれでおしまい、ってこと。

言われて私はすこし考える。何か、あったかな。そうだ。

「そういえば今度うちの高校で文化祭があって」

「ワォ！　文化祭！　なにやるの？」

メリッサは中学までの文化祭は経験があるものの、高校の文化祭にはいちども参加したことがないらしく、目を輝かせて聞いてくる。

「ええと……私たちのクラスは定番のいわゆる喫茶店で」

「行きたい！　ねぇ、それってアタシみたいな関係ない人も行けるの？」

ここまで食いつかれるとは思わなかった。

「一般の来場日があります。けど……。ええと――」

スマホを取り出して日程を確認する。日付を伝えると、メリッサも自分のスケジュールを確認。そのときまで余裕で日本にいるよ、と言った。

「じゃあ、招待します」

「ステキ！」

「こちらの空き時間に来てもらえれば案内もしますけど」

そう言うと、メリッサはいきなり私の手を両手で握って「ありがとう」を繰り返した。

いえいえ。そこまでお礼を言われるほどのことでは……。

「文化祭かあ。高校のだと、けっこう大がかりなんでしょ」

「それはまあ、中学に比べれば……」

「楽しみだな～。案内までしてもらっちゃうと悪いかも。そうだ！」

メリッサはいいことを思いついたと言ってくる。

「ねえ、沙季（さき）はライブに興味ある？　無料で招待するよ！　彼氏くん連れて見にきて！」

えっ……。無料って、そんな……いいのかな？

うーん。興味があるかないかと言われれば勿論（もちろん）ある。私自身もメリッサの音楽のファンでもあるのだから。

ただ、ライブに浅村（あさむら）くんとかぁ。浅村くん、興味あるかな？

「浅村くんを連れていけるかどうかは約束できないけど、興味はあります」

そう返したら、メリッサはやったという顔をしながら指を器用に鳴らした。意外と大きな音だったので、店内のお客さんたちの何人かがこちらに振り返ったほどだ。呼ばれたかと勘違いした店員さんが飛んできてしまって、私とメリッサは平謝りすることになった。

いえ、こちらこそと勘違いを謝る店員さんに、メリッサはちょうどいいからとスフレのドリアとサラダと珈琲（コーヒー）と食後のデザートだとチーズケーキを注文する。えっ、それぜんぶ食べるの？　私も付き合いで珈琲をお代わりする。ただし、今度はミルクをたっぷり入れて。さすがに2杯目だと胃に負担がかかりそうだし。

　運ばれてきた料理を端から胃袋に放り込んでいるメリッサを見つつ、私は、招待されたライブのことを考えていた。

　もし浅村くんに断られたら……。まあ、そのときはひとりで行けばいいか。

それでも、誘ってみるだけは誘ってみようと思う。迷惑かもと考えて臆してしまうのはもうやめようと夏祭りのときに決心したのだから。

結局メリッサとは2時間ほどおしゃべりして別れた。

帰り道。横断歩道の信号待ちのときにLINEで出勤前の母に連絡を入れる。冷蔵庫の食材チェックが必要だからだ。ところが——。

「えっ。太一お義父さんが夕食を」

思わず声に出してしまった。

慌てて左右を見回すけれど、家路を急ぐ人々は私の声など聞こえてないようで、せっせと歩いている。信号が青に変わり、私はスマホをしまって歩き出す。

メッセージによれば、夫婦ふたりで食材の買い出しは済ませていて、しかも今夜の夕食は受験勉強で忙しいだろうからと太一お義父さんが作ってくれるという。

徐々に背を伸ばして見えてくるマンションへと足を急がせる。

歩きながら考える。なるほど、気を使ってもらっているのがわかると自分から対価を差しださないのは嫌、か。メリッサの言うことがわかる気がした。どうやら私も嫌みたいだ。だが今の私に返せる対価といえば受験勉強を頑張るくらいしかできないのだった。これは帰ったら頑張らないと！　そう思いながら家まで歩いた。

着替えて自室で勉強を始めるタイミングで、浅村くんがオープンキャンパスから帰ってきた。ただいまの声が聞こえる。

すぐにライブの相談をしたかったけれど、さすがに参考書を1ページも開かないうちに遊びの相談はできない。

たぶん、夕食は8時頃だろうから2時間はある。

すこし頑張ってからにしよう。

そう思って集中していたら1時間があっという間に過ぎてしまった。夕食を済ませてからだとお風呂もあるから、いつ浅村くんと話せるかわからない。思い切っていま相談してしまったほうが良さそうだ。

意を決して浅村くんの部屋を訪ねる。

ふと、前にもこうやって扉の前まで来て、勇気が出なくてノックもせずに部屋に逃げ帰ってしまったことがあるなぁと思い出した。今から考えると、あれはけっこう自意識過剰だった気もする。たかがひとつのお誘いを断られたくらいで世界が終わるわけじゃなし。

でも……そういう気分になるものなのだ。

深呼吸をひとつしてから扉を叩く。

「悠太兄さん」

小さく呼びかける。

……返事がない。

いない？

私はダイニングのほうを窺う。お義父さんが料理をしている気配だけがあった。ということは部屋にいるはず。

ふたたびノックをして声を掛けると、今度は反応があった。

「ごめん。呼んでるの聞こえてなかった」

もしかして勉強の邪魔をしてしまっただろうか？

「あ、ごめんなさい。集中してた？」

「いや、そろそろ切り上げようと思ってたところ。だいじょうぶだよ。なにか？」

そう問われて私はさてお誘いの言葉を告げようとして固まった。

ライブに行かない？

簡単なそのひとことが喉につかえて出てこない。

「その、ええと……ね」

しどろもどろになっている私に浅村くんが心配そうに言う。

「もしかして何か相談事？」

「うーんと、ね。ええと、浅村くんも受験勉強で忙しいことは百も承知だし、もちろん全然断ってくれてもいいんだけど」

「言ってくれないと断るも何もわからないけど」

「ええとね。ちょっと遊びに行くお誘いで」

「息抜きも大事だよね」

と、すこしおどけたように言ってくれたおかげで、心が軽くなった。

「そう言ってくれると言い出しやすくなるから甘えちゃうけど」

そして、訊く。

「ライブハウスって、興味ある？」

メリッサとは浅村くんも面識はある。ただ、ナイトサファリの後のレストランで会っただけだから印象は薄いかもしれない。個人的にお世話になったなと思う人で、彼女の活動も応援したいと思ってる。だから行ってみたい。そう素直に告げる。

浅村くんは迷っているように見えた。

その表情に私の心にまた臆病さが顔を覗かせる。

「あ、でも、もうすぐ文化祭もあるし、あんまり遊んでばかりもいられない、よね」

おそるおそる断るための言い訳も用意する。

断られたらしかたない。自分ひとりでも行こうと自分を慰めた。

けれど、浅村くんはなんだか慌てたようにすぐに首を横に振った。

「いや、それはそれだよ」

　俺も会いたい、かな。

「メリッサさん……だっけ？　沙季が応援したいっていう人なら、俺も会いたい、かな。

それにほんとに息抜きも大事って思うから」

　夏で懲りたから、と言った。よくわからないけど。

　どうやら一緒に行ってくれるらしい。

「俺、ライブハウスなんて行ったことないから、余計に行きたいよ。経験したことのないことを、沙季と一緒にたくさんしてみたいって最近思ってる」

「そ、そうなんだ」

「高校3年生ってふつうは1回しかないしさ。それがいまの俺のやりたいことだし、受験と両立させてこそだと思っている」

「わかった。じゃあ、一緒に行ってくれる？」

「うん。行くよ。いや、連れて行ってください、かな？　この場合」

　そっか。この場合は私がエスコート役か。

「メリッサにもそう言っておくね。あ、日付はね……」

　こうして、9月23日に私たちはライブデートをすることになったんだ。

## ●9月23日（木曜日・祝日）浅村悠太

　9月23日、秋分の日。

　暑さも控えめになり、ようやく夏の終わりも見えてきた秋の一日。

　綾瀬さんとふたり、ライブハウスを目指してスマホの地図を頼りに歩いている。

「秋晴れだね」

　綾瀬さんが空を見上げながら言った。

　会場となっているのは、渋谷のスクランブル交差点から西へと10分ほど歩いた位置にあるライブハウスだ。入場は18時からだから、まだちょっと余裕がある。

　振り返ると見える東の空はだいぶ薄墨色に染まってきていた。

　すこし風が吹いてきて、肌を撫でて通り過ぎていく。

「上着、もってきてよかったね」

「そろそろ夜は冷えるかもって思ったから」

　腕に提げた羽織る為のカーディガンをやや持ち上げながら綾瀬さんは言った。

　両親には修学旅行で知り合ったアーティストのライブに行くと告げてある。

　親父も亜季子さんも、まさかシンガポールでそんな出会いがあったのかと驚いていた。

　無理もない。いっしょに旅行に行っていた俺でさえ、綾瀬さんとメリッサさんがそこまで仲良くしているとは知らなかったのだ。

綾瀬(あやせ)さんはメリッサさんとふたりきりでも会ったらしくて、しかもいつのまにか彼女のYouTubeのチャンネルも登録していたらしい。

「勉強、進んでる？」

綾瀬さんが不意に尋ねてきた。

「まあまあかな」

「志望校、固めたんでしょ」

「今さらだけどね。目指すだけは目指してみようかなって」

一ノ瀬(いちのせ)大は難関だけれど、それでも学びたいことがあるのだと思えば、漠然とした動機を抱えて勉強するよりも身が入るというものだ。

「そっか。うん。なんか最近のほうが落ち着いてるような気がするね」

「最近の？」

「夏よりは、っていうこと」

ああ、とうなずきつつも、夏を思い出すと我ながら恥ずかしく感じてしまう。何のために頑張るのかも曖昧なまま、ただ気持ちだけが先走っていた。

今はこうして綾瀬さんと束(つか)の間(ま)のデートを楽しむくらいの余裕はある。

「綾瀬さんは？」

「私はマイペースでやれてるから。今日も午後はこれで勉強時間が潰れるかもって思ったから午前中に頑張ったし。まぁ、おかげで時間がなくてこんな無難な格好になっちゃったけどね」

こんな、と言いながら肩のあたりを摘まんでみせる。

「いや、似合ってるよ。かわいいと思う」

「ええと……。ありがとう」

そう言って照れる綾瀬さんを見て、さらにかわいいなと思ってしまう。

軽く左手を持ち上げてみた。

綾瀬さんはそれに気づいて右手に抱えていた上着を左に持ち帰ると、手を重ねてきた。

そのまま手を繋ぎながら建物のあるほうへと坂道を歩いていく。

「メリッサの歌、聴いてみた？」

「いちおう、それなりに。あまり聞いたことのないジャンルだし、音楽をそこまで熱心に聴かないほうだから良し悪しは言えないけど、俺にはおもしろく聴けたよ」

「おもしろい、かぁ。そういえば浅村くんって普段はどんなの聴いてるの？」

「丸にオススメされた曲を聴くことが多いかな。流行りの曲やアニメの主題歌が多いね」

そう言って俺は最近にオススメされた曲をいくつか挙げる。

俺の挙げたタイトルを聞いて、聴いたことあるかもと彼女は言った。ニッチと思いきや意外と知れ渡っている曲だったらしい。

「綾瀬さんは？」

　お返しに聞いてみると、意外な答えが返ってきた。

「私はお母さんから教えてもらった曲が多いかなぁ」

「亜季子さん？」

「そう。しかも、古いやつ。お母さんの青春時代の音楽だから……2、30年前？」

　平成初期の歌、90年代のJ－POPか。

「CD……ってわかる？」

「さすがにね。まだ残ってるし。俺も何枚かもってる。まあ、親父の古いパソコンを貸してもらわないと聴けないけど」

「だよね。私も高校に入ってからはスマホだし。でも、子どもの頃うちにはCDラジカセというものがあったのです。知ってる？」

「体育祭とか行事のときにCDを再生してるあれだよね」

「それ。まあラジカセは引っ越しのときに捨てちゃったけど、CDは持ってきてる」

「で、それを聴いてた、と」

　綾瀬さんがうなずいた。

　そういえば、これまであまり「好きな歌は？」なんて話はしてこなかったな、と思う。

それだけお互いに余裕なく忙しい毎日を送ってきたということなのだろう。

でも俺は知りたいし、俺の好きなものを知って欲しいと今は思う。

相手の気に入っているものを気に入るかどうかはまた別なのはわかってるけど。

よく考えてみれば同じ家に住んでいるのだから、知らないと相手の嫌いなことを避けられない、というのも確かだ。

一週間における洗濯の回数、トイレットペーパーの厚さの好み、冷暖房の温度の設定。数えきれないすり合わせが、新しい家族のなかで日々行われてきた。

すでに家族となって長い年月が過ぎていると、当たり前のようになっていることが実のところちっとも当たり前ではないことを思い知らされる。

手を繋いで隣を歩く彼女を見ながら考えてしまうのは、距離を詰めれば詰めるほどぶつかることは増えるし、より多くのすり合わせの為に互いを知ることが不可欠になっていくという当たり前の真実だ。

コミュニケーションは量と質の掛け算なのである。

俺が、息抜きの為だけではなく、このライブデートを受けた理由もどうやらそのあたりにありそうだと受けてから気づいた。受験勉強があるからといってコミュニケーションをサボっていいことにはならない。これは彼女が義理の妹のままだったとしてもだ。ましてや綾瀬さん——沙季は俺が付き合いたいと自分から想い始めた相手なのだから。

地図の通りに来たはずなのに目指す施設が見つからなくて焦る。

「あれじゃない？」

目ざとく看板を見つけたのは綾瀬さんだ。建物の陰になっていて俺からは見えない位置だった。看板の下、地下鉄の入り口みたいに下り階段が口を開けている。

そろそろ開場時間だからか、よく周りを見ればそれっぽい人々があちこちにたむろしていた。

首から札を下げた関係者らしい人が出てきて、声を張り上げる。

「これより開場します！　チケットをお持ちの方は入り口で拝見しますので、お手元にご用意の上、お進みください！」

下り階段に自然にできていく人の列に並ぶと、順調に列は進んでいって受付まで辿りついた。綾瀬さんがスマホを取り出し、メリッサから送られてきた関係者向けのチケットを見せる。最近は電子で紙のチケットと同じことができるんだな。

受付をしていた女性が、こちらのチケットのお客様は——と俺たちを並んでいた列から外して別の列へと誘導してくれた。

「終演後にメリッサからご挨拶がありますので、お時間が許すようでしたら最後まで残っていただけると幸いです」

わかりましたとうなずいたものの、ライブが終わる時間はだいぶ遅いから残れるかどうかはわからない。でも綾瀬さんは直接会いたいかもしれないな。

「時間があるようなら残ろうか」

「そうだね……無理にならない範囲で。でも、帰らなきゃいけない時間になったら、彼女にはメッセージを入れておくから気にしないで」

「了解」

関係者席の列は短いのであっという間に中に入れた。

俺はこの手のライブハウスという場所は初めて来るから他と比べることができないのだけれど、思ったよりも中はけっこう広いなという印象。

もちろん演劇に使うようなすり鉢状になった大きな劇場に比べれば、ただのフラットな箱なわけだけれど、広さだけを言うなら３００人くらいは入れそうだ。

すこし高くなっているステージの前に観客たちの座る席が用意されていて、そのさらに後方がテラスのように一段だけ高くなっている。そこに椅子が整然と並べられて関係者用の席となっていた。

一体感を感じる演者の近くの席ではないが、音楽をじっくり聞くためにはこちらのほうがいいのかもしれない。

もうだいぶ席が埋まっていた。

俺たちのような高校生より客層の中心はもうすこし上、二十代あたりが多そうだ。

男女比は同じくらいだろうか。

満員とまではいかないものの、七割ぐらいは埋まりそうな人数の客が入ってきている。

以前、丸(まる)に映像で見せてもらったロックバンドやアイドルのライブとはまた違う、歌を聴かせることが中心のシンガーのライブということで、スタンディングではなく椅子に座って、落ち着いた雰囲気で聴く形式らしい。

関係者席の真ん中からやや前側あたり（なぜか後ろのほうから順に席が埋まっていたので、しかたなくそうなった）に俺と綾瀬(あやせ)さんは並んで腰を下ろした。

腰を落ち着け、ふたり揃(そろ)っておのぼりさんよろしくあたりをきょろきょろと見回していると、綾瀬さんの視線が入口のあたりに振り返ったところで動きを止めた。

凍りついたように一点を見つめている。

俺も彼女の視線を追う。

入ってきたドアの脇に大きなポスターが貼られていた。

熱帯の……森だろうか。南米、いやたぶんアジアだろう。大きく広がった葉と絡まる蔦(つた)の中に苔(こけ)むした石造りの建物がかすかに映っている。古い、遺跡か何かだろうか。その緑の風景を背景にして、メリッサのバストショットが大胆に合成されていた。

合成、だよな？　まさかこの撮影の為(ため)にジャングルまで行ったとか？

アジアンな熱帯雨林の風景をバックにして、ポスターの中のメリッサはやや半身になった身体で、目だけをこちらのほうへと向けている。風に吹かれて揺れる髪は目許にまばらにかかっている。口許は笑みを浮かべているのに髪の隙間から見える視線の鋭さは、まるで密林に潜んで獲物を狙う獣のよう。

「いいな、あれ」

ぽつっと綾瀬さんがつぶやいた。

ポスターは、メリッサの髪に被さるようにまるで殴り描きのような書体で英語で何か書いてある。

「なんて書いてあるの？」

「メリッサ、じゃない？　崩してあるからわかりにくいけど、いちばん左、あれってMでしょ」

言われてようやく綴られているスペルが判読できるようになった。なるほど、辛うじてメリッサ・ウーと読めるような。ああ、ちゃんとその下にブロック体でも小さく同じことが書いてある。

ふと気づいて、俺は膝の上に置いてあったパンフレットに視線を落とした。入口の受付で渡されたものだ。関係者チケットを見せたら無料でもらえたけれど、本来ならこれってチケット代に含まれているんだろうな。

「これと同じやつだ」

パンフレットの表紙がまさにポスターそのままだったのだ。

綾瀬さんもパンフレットの表紙がポスターだと気づいて改めて手に取って捲っている。

「あ、中もステキ」

数ページのささやかなパンフレットだけれど、中は今日のセットリストと、メリッサによるライナーノーツ、バンドメンバーなどの出演者の紹介、後ろのほうはメリッサの写真集みたいになっている。

内容は読んでみないとわからないけれど、写真の並べ方とか、文章記事の配置の仕方がいちいち凝っている。それでいて見やすさは失っていないと思う。こういうセンスの良さは書店バイトのポップ書きとしては見習いたいところだ。

とはいえ、さすがに——。

「ここまでハイセンスにはできないな……」

俺のつぶやきが聞こえたのか、綾瀬さんが訊ねてくる。

「こういうのって専門家が作るんじゃないの？」

「だと思うけど」

「スタイリッシュだし。おしゃれで、いいなぁ」

互いに聞こえるくらいの小さな声でささやき合っていたつもりだった。だから、すぐ後ろから、ありがと、という声が聞こえてひどく驚いた。

ひとつ後ろの席には二十代の半ばくらいの女性が脚を組んで座っていた。

同時に振り返った俺と綾瀬さんを見て微笑んでいる。

「あの……」

「パンフレットとポスターを褒めてくれて嬉しいよ」

綾瀬さんが思わずパンフレットと彼女を見比べているけれど、いやそこを見比べても、わからないんじゃないかな。

「あの……？」

「それ作ったの、あたしなんだ」

青いメッシュの入ったウルフカットの髪の女性は、耳につけた細くて大きいピアスを揺らしながら楽しそうに笑った。切れ長の目許が弓なりに曲がる。その瞬間だけ、クールビューティな雰囲気が崩れて、柔らかい印象の顔立ちになった。

短い髪を右手で撫でつけ頭の後ろを掻きながら、俺たちに向かっていたずらっ子のような表情を浮かべる。右目の下の泣きぼくろが年上の女性らしい艶やかさを醸していた。

目を合わせようとすると俺の視線がやや上を向いてしまうから長身なことは間違いない。

肩幅も女性にしては大きめ。スーツ姿なことも相まって、胸の膨らみを見なければ細身の男性かと思ったかもしれない。

「初めまして。だよね？」

「あ、はい。ええと……初めまして」

「あの……。あなたは――。あ、初めまして」

俺と綾瀬さんはおっかなびっくり順番に挨拶をした。綾瀬さんが一瞬言葉に詰まったのを見逃さず、女性は自分自身を指さして朗らかで余裕たっぷりな笑みを浮かべる。

「秋広瑠佳。瑠璃の瑠に佳人の佳で瑠佳。るか、でいいよ」

「美しい青、ですか」

「おっ。学があるね」

そう言って、にっと笑みを浮かべる。

綾瀬さんが俺のほうへと視線を投げた。

「るりって？」

「宝石の名前だよ。瑠璃と言えば和名で、ラピスラズリのこと。だけど、クリソベリルのことも指すとか、もっと一般的に青い宝石のことだって話もある」

「へえ……」

「ラピスラズリもクリソベリルもきれいな宝石で、『佳人』も美人のことだから。どっちも美しいの意味だとも取れるね」

俺がそう説明すると、やや照れたような表情を浮かべながら瑠佳さんが言う。

「親の願いなんだ。瑠璃のように美しい子に育って欲しいっていう感じ。ま、残念ながら佳人と呼ぶにはちょっとがさつに育ってしまったけどさ」

いやいや、充分に美人、というか美形という言葉が似合うと思う。あれ？　もしかして髪に青いメッシュを入れてるのは名札代わりなのだろうか。

「で、君たちは？」

「浅村悠太です」

「綾瀬沙季、です」

こちらが名乗ると、瑠佳さんはすっと片手を差し出してきた。流されるようにそのままハンドシェイク。差し出してきた瑠佳さんの手の指には銀色の指輪。腕にも細いリングを複数着けていた。握手をすると上下の動きに合わせてわずかにリングが躍る。天井からのライトに照らされてきらりと光った。

自己紹介を終えると、綾瀬さんがやや早口になりながら訊ねる。

「あの、先ほどの……作ったって」

「言ったとおり。それ、作ったのあたしなんだ」

「こういうのを作るお仕事なんですか？」

「まあ、そうだね。デザイナーだよ、一応。まだ駆け出しだけどね」

「デザイナー……」

綾瀬(あやせ)さんがパンフレットと瑠佳(るか)さんを交互に見ながらつぶやいた。つまり彼女は先ほど綾瀬さんが言った「パンフレットを作る専門家」なわけだ。……たぶん。

「デザイナーって、こういうのを作るのも仕事なんですね」

「ん？ うーん。浅村(あさむら)くん、だっけ？ デザイナーってどういう仕事だと思ってる？」

そう言われて俺は脳内の情報をひっくり返した。

「服を作る人？」

「それはファッションデザイナーだね。厳密にはデザイナーが実際に服を作るわけじゃないけど。それをする人はまた別に存在する。まあ、デザイナーってのはデザインするのを仕事にしている人のことだ」

「デザイン……」

わかるようで、わからない。デザインってこういうことだよねと言えそうでいて、それが何なのかを確定させようとするとたんにぼやっと像が曖昧になってしまう。

「この世のあらゆる制作物には、必要とされる機能や特性がある。その機能や特性を検討してどうやってそれを満たすかを考えることがデザインだよ。だから、物造りの現場ならどこにでもデザイナーがいると思っていい。その中であたしはイベントそのものの空間をデザインしたり、看板やロゴ、パンフレットもまとめてデザインする仕事をしてる。まだ駆け出しだから、この仕事は友人の伝手(つて)で回してもらったんだけどね」

瑠佳さんの言葉に、綾瀬さんが引っ掛かった。

「友人って、もしかして」

「メリッサはあたしの古い友人なんでね」

えっ、と俺は驚いた。綾瀬さんはなんとなく得心がいったという表情だ。

「こっちの席にいるってことは、君たちもでしょ？　見たところ高校生みたいだけど」

俺たちは同時にうなずく。

「日本の高校生に知り合いがいるとはね。しかも、こっちの席に招待するなんて。珍しいこともあるもんだ」

「そうなんですか？」

「だって、アイツ気さくなようで気難しいタイプだし」

「気難しい……ですか？」

綾瀬さんが真面目な顔で首を傾げたら、瑠佳さんは噴き出して笑った。もちろん周りに気を使って声を出さずに。

「ははは……。アンタ……じゃないや、沙季ちゃんにはそういう顔は見せてないわけだ。なるほどなるほど。どうやらかなりアイツに気に入られたみたいだねぇ」

「そう……でしょうか」

綾瀬さんが考え込むような表情になる。

しばらく顔を伏せて考え込んでいた綾瀬(あやせ)さんだけれど、何か意を決したかのような顔になって視線をあげる。

「あの……」と、綾瀬さんが瑠佳(るか)さんに声を掛けようとした。

けれど瑠佳さんはちょうどそのタイミングでライブの関係者らしき人に声を掛けられて立ち上がってしまった。ほいほーい、と、そう軽い調子で返事をしながら行ってしまう。気さくな人だな、と思いつつ綾瀬さんのほうを振り返ると、残念そうな顔。もうちょっと話したかった、みたいな表情をしていた。

しばらく瑠佳さんが帰ってくるかと待っていたのだけれど、もうライブが始まるらしくて、俺たちは前を向かざるをえなかった。

映画の始まる前と同じように諸注意（動画を取らないでねとか、スマホの電源は切っておいてね、とか）が流れてからステージが暗転し。

ライブが始まった。

通して2時間ほどのライブだった。

あまりトークを挟むでもなく、歌を中心として淡々と聞かせるタイプのステージだ。

派手なマイクパフォーマンスとかがあるわけでもなく、以前に聴いた民族音楽とロックを組み合わせたような楽曲が中心で、耳から入ってすっと心の奥に落ちてくるような歌が多かった。

ただ、シャウトなどしなくても、盛り上がるところに差し掛かると、メリッサの情感込めた歌声は聴く者の心のひだに絡みついてくるように迫ってきて、思わず引きずり込まれてしまう。自分の体温がコンマ2度くらいは上がったんじゃないかと感じるほど。

それは、隣の綾瀬さんも同じだったと思う。魅入られたようにステージを見つめていた綾瀬さんの横顔を俺は時々こっそりと窺（うかが）っていたのだけれど、頰（ほお）はほんのり染まり、瞳もいつもよりも潤んでいるように見えた。曲と曲の合間には満足げな吐息も漏れていた。

気づいたのは、時折俺の鼻先を掠（かす）めた彼女の体のほうから立ち昇ったのだろう良い香りだ。香水か何かだろうか。香水というのは体温で温められることで揮発して香るというが……。彼女の熱も上がっているということなのかなと思った。

あまり見つめていると気配に気づかれそうな気がして、ステージへと視線を戻そうとした。その瞬間に拍手をすべく持ち上げた彼女の手と俺の手とが、ぶつかってしまった。慌てて手を引っ込める。

「ごめ……」

ごめん、と言おうとしたのだけれど、彼女のほうは俺よりもステージの上のメリッサに視線を注いでていて、手がぶつかったことにも気づいてないようだった。俺のほうはと言えば、むき出しの手と手が当たったときに、なぜだろう、いつもよりも心臓がひとつ大きくどきりと高鳴ってしまったのだけれど。そのときだけは、ちゃんと聴こうとしていたライブのことも頭から抜け、メリッサの声さえ聞こえなくなっていたほどだ。

どきどきと高鳴る心臓を抑えるほうが大変だった。

そこからはステージに集中しているうちにあっという間に2時間が過ぎた。

アンコールをせがむ拍手の音。

それに応(こた)えてステージの袖から再登場したメリッサが歌ったのは、その日唯一といっていいしっとりとした曲調の歌だった。

ぜんぶ英語だったけれど、珍しく知っている曲だったから歌詞がなんとなく理解できる。英語もさほど難しくなかった。

オリジナル楽曲ではなくて、ジャズの名曲だった。

隣に座る綾瀬(あやせ)さんの顔をそうっと窺(うかが)うと、目の端にかすかに光るものが見えた。

大きな拍手とともにメリッサのライブは幕を閉じたのだった。

部屋の中が明るくなる。夢の時間の終わり。

閉演を知らせるアナウンスとともに観客たちはぞろぞろと入ってきた扉から出ていった。

帰っていく客たちの表情を、俺はさりげなく観察していたのだけれど、満足げな顔つきが多かったと思う。

係の人らしき数人が俺たちの座っている席のほうへとやってきて、このあとメリッサが挨拶に来ます、と告げてまわっていた。

俺と綾瀬さんは顔を見合わせると、スマホで時刻を確認し、すぐに来るならと挨拶だけでもしようと残ることに決める。

待つこと数分。ステージ衣装の上から軽く上着を羽織った格好のメリッサがやってきた。

「来てくれてありがとー！　みんな大好き！」

そんなことを日本語、英語、中国語、と順番に多国語で言いながら手を振って現れる。

音楽関係者らしき人たちが、たちまちメリッサのほうへと群がって話しかけている。小さな花束を手ずから渡している人もいた。そういえば入り口のところに一般客用の差し入れ品を入れるボックスがあったっけ。あれを見て、私も何か差し入れ持ってきたほうがよかったかなと綾瀬さんが言ってたんだよな。手ずからでなくとも、メッセージカードでも入れてお祝いしたかったと。

ふと気づくと、なにやら関係者席の人たちが並んでいる。ひとりひとりに帰る前に握手をしてくれる、という。

出遅れたというのと、さすがに遠慮してしまって俺たちはいちばん後ろに並んでいた。すると、ちょうど瑠佳さんの後ろだった。気づかなかったけれど、開演前には関係者席のどこかに座っていたようだ。

もうステージ上では片付けが始まっていた。譜面台を回収して回っていたり、臨時に設えられた椅子を片付けたり、ポスターを剥がしたりもしている。みんな忙しそうだったし、邪魔にならないようにと列の最後のほうは部屋の片隅へ寄っていた。残ったのは友人たちばかりなのか、握手だけでは終わらずにひとことふたこと話している。しかし、ほぼ英語だから綾瀬さんはともかく、俺は何を話してるのかわからない。

ステージでの緊張感あふれる表情とはちがい、メリッサは表情を弛ませていた。

ほっとしたような顔、というのが正しいかもしれない。

俺たちの直前は瑠佳さんで、まるでいつものことだとばかりにハイタッチだけで終わらせると、わざわざ俺たちを前に押し出してくれた。

「ほい。お気に入りの子たちなんだろ。ちゃんと挨拶しなくちゃ」

背中を押された綾瀬さんはメリッサの前に出ると、まるで借りてきた猫のようにはにかむような声を出す。

「あの……よかったです」

「ん。ありがとね」

メリッサの返事のほうも日本語だ。そのときになって俺はメリッサが意外と流暢に日本語を操れることに今さらながら気づいた。ステージの上では英語が基本で日本語は挨拶のときだけだったし、今だって「来てくれてありがとう」のくだりはそこだけ覚えてたんだろうなって思ったし。

そうか、しゃべれるのか。

綾瀬さんはそこからライブの感想を絞り出すようにして語った。

メリッサはそれを黙って聞いている。

「ん。ん。そこまで言ってもらえると照れるね、さすがに」

「いえだってホントに良かったですから」

「まあ、それなりに練習したしさー」

そう謙遜するメリッサの脇で、瑠佳さんが「ゆーて、コイツ、本番前はめちゃ緊張して青くなってたからね！」と茶化すと、メリッサはどん、と肘でつついて黙らせた。

「いった！」

「うるさいよ、ルカ」

「ホントのことじゃん。照れんなよ」

じゃれ合うふたりを見て俺は、いい友人同士なんだなと思う。

「てか、ルカはいつのまにふたりと知り合ったの？　もともと知り合い？」

「まさか。ついさっきだよ。こっちの彼女……沙季ちゃん、だっけ？　彼女が、あたしのパンフを褒めてくれてさ」

「オウ。あれね。うん、あれはイイデキ」

「はい。よかったです。あれ、緑の中の建物っぽいのってどこかの遺跡か何かですか？」

「どこなの、あれ？」

綾瀬さんの問いにメリッサも便乗して瑠佳さんに問いかける。すると、瑠佳さんは逆に綾瀬さんに対して「どこだと思う？」と問い返してきた。

綾瀬さんはすこし考え――。

「最初ジャングルだからアマゾンか何かかなって安直に思ったんです、けど。でも、ちょっと考えて違うかなって。たぶん、アジアのどこか――ユーラシア大陸の南のほうの風景だと思います」

「なんでそう思ったの？」

「だって、メリッサさんのもうひとつの故郷って台湾なんですよね。いま住んでらっしゃるのもシンガポールだし。どっちも南アジアの風土。それでアジアの民族音楽っぽい要素も取り入れてるから……自然の風景の中に古い建物を入れた写真を使ったのも、そういう伝統？　みたいなもの……ええと、メリッサさんの音楽には自分に流れる血……ルーツ、みたいなものがベースにあるんだよって、あのポスターはそんなことを言ってる気がしたんです。だから……かな」

考え考えしながら語る綾瀬さんの言葉を聞いて、瑠佳さんが何度かうなずいていた。

その満足げな表情を見ると、綾瀬さんの解釈はおおむね的を射ていたようだ。俺はといえば、ただきれいなポスターだなとしか考えなかったので、感心してしまった。

あらためて瑠佳さんがデザインについて語った言葉を思い出す。

『制作物には、必要とされる機能や特性がある。その機能や特性を検討してどうやってそれを満たすかを考えることがデザインだよ』

ライブのポスターなら、どういうライブなのかを伝えるものでなくてはいけないはずだ。つまり、メリッサのライブを聞きに行くと観客は何が得られるのかがわからないといけないわけで、それがポスターに求められる「機能」ということなのだろう。その機能を果たす為にああいうふうに写真やロゴを配置することが「デザイン」ということか。

熱心に語る綾瀬さんとうなずく瑠佳さんを交互に見ながら、メリッサが「へー、そうだったの？」なんて言っていた。ご本人は知らなかったらしい。

メリッサの軽い口調に苦笑いを浮かべつつ瑠佳さんが言う。

「ま、遺跡じゃなくてあれって数十年程度の廃墟なんだけどね。そこは代用せざるをえなかった。素材に苦労したんだ。写真は著作権があるから他人さまのは使えないし。使えるフリー素材にはピンとくるものがなくてねー。しかたなく昔、旅行して撮った写真を引っ張り出して合成した。まあ、コイツ連れてロケに行ってる時間も金もなかったしさ」

お金と時間があったら、メリッサさんを引っ張り回して写真を撮りに現地まで行ったということだろうか。……大変だなそれ。

「バストショットのほうは撮り下ろしに協力したでしょ。あれも苦労したよねー」

　メリッサが言った。

「風を当てても、うまいこと髪が流れなくてな！　アンタの顔、ぼさぼさのどこかの妖怪みたいになってたし。ボツにした写真が何枚あることか……」

　瑠佳さんの台詞を聞いていた俺はつい好奇心から訊ねてしまう。

「写真も自分で撮られるんですか？」

「ん？　んー、自分で撮る人もいるんだろうけど、人物写真はカメラマンさん。撮影現場には行くけどね、あたしは」

　なるほどだった。どうやらデザイナーといっても色々いるらしい。

「撮られるほうも大変だったんだけどさー。でも、最後は良いのができた。ルカには感謝してる」

　メリッサがそのときだけは真面目な声で言ったので、瑠佳さんは後ろ頭を掻きながら、もらう金のぶんは働かねえとな、とだけ言った。

　綾瀬さんが手の中のパンフレットに視線を落としながら言う。

「あのポスターを見て私、あれこれメリッサさんの音楽のこと考えていたんです。だからかな、メリッサさんのライブを聴いてて――」

「サキ、『さん』はいらない。アタシも使わないから」

メリッサが横にいる瑠佳さんに「いいよね」の視線を送ると、瑠佳さんも「だいじょうぶ」とばかりにうなずいた。

「わかりました。ええと――メリッサの音楽も、ポスターを見てあれこれ想像したぶんだけ、より深く受け止められた気がします。歌と演奏と……。ぜんぶぜんぶステキだった。うん、感動した」

「サキ。ルカのポスター気に入った？」

「はい」

素直にうなずいた綾瀬さんを見て、メリッサが瑠佳さんに視線を送ると、瑠佳さんがポケットから名刺入れを取り出して綾瀬さんに1枚渡した。どうやら瑠佳さんのデザイナーとしてのものらしい。

「たまにインスタに趣味のアート載せてるから。気が向いたら見とくれよ」

「フォローします」

「ヨロシク！　よし、未来の顧客をひとりゲットってね」

言いながら瑠佳さんは力こぶを作って、それから不意に俺のほうへと視線を振る。

「おっと彼氏が蚊帳の外だね。ええと、キミは……」

「ユータ君でしょ。だよね？」

メリッサに言われて俺は、名前教えたっけと首を捻る。

「えっと」

「キミのことは、サキからいっぱい聞いてるよー」

「い、いっぱいなんて言ってない、……よ？」

俺のほうを見ながらそんなことを言われてもな。

「浅村悠太です」

たしかシンガポールの店では大した挨拶もできなかったはず。綾瀬さんとはいつの間にか親しくなっていたみたいだけど、俺はちゃんと話すのはこれが初めてだった。あのときはメリッサは英語だったし。日本語が達者なようでよかったと胸を撫でおろしてる。

「キミ、サキの恋人なんでしょ」

「え」

「そう聞いてる」

メリッサに断言され、綾瀬さんが顔の前で手をばたばたさせていた。ぱくぱくと口を開けたり閉じたりもしているけれど、言葉になっていない。

「そう、です」

ここは否定してはいけないところだと察して俺はうなずいた。ほほう、と瑠佳さんが顎に手を当てて納得したようにうなずいた。なんの納得だろう、いまのは。

メリッサが綾瀬さんに尋ねる。

「もう遅いけど、夕食いっしょにどう？　あっ、それとも、このままユータ君とデートのつづきかな」

「えっ。いえ、もう帰りますけど」

綾瀬さんの答えを聞いてメリッサはなぜか驚いたような顔になる。

「恋人同士でデートしてるのに？　せっかくいっしょに出てきたのに、することしないで帰るの？　え、おかしくない？」

メリッサの疑問を含んだ視線が隣にいる瑠佳さんに向く。

「なんでこっち見んだよ」

「ねえ、このふたり食事もえっちもしないで帰るって言ってるんだけど？」

「疑問形であたしのほうを見るな！　知らねーよ！　ってこら、だから――」

「ね、サキ。えっ。ほんとにえっちしないの？」

「訊くなっての！」

ぺしっ、と、流れるように瑠佳さんがメリッサの頭の後ろをはたいて突っ込む。けれどそんなふたりの漫才を笑っている余裕は綾瀬さんには、そしてもちろん俺にも、なかった。

綾瀬さんは開けていた口をさらに大きく開いて絶句していて、俺も、言われた言葉が脳に染み込まずに一瞬、思考がシャットダウンしてしまった。

え、何を言われたんだ、今。

綾瀬さんが辛うじて言う。

「しし、しませんっ」

俺はといえば、綾瀬さんよりも大声で否定しそうになり、ぎりぎりでここが周りに人のいる部屋の中だと思い出していた。

見回せばみんな忙しそうに片付けをしていて、誰も俺たちの会話を聞いている様子はなかった。助かった……。まさかこんなにあっけらかんと性行為について訊いてくるとは思わないわけで。それとも、これって海外ではふつうなのか？

瑠佳さんがあきれ顔になって言う。

「ほらメリッサ、困ってるだろ。アタシらのノリでやんなよ。この子たちは高校生なんだしさ」

「いやでもさ。付き合ってるならふつーでしょ」

「だからっていちいち訊かない！」

「えー。だって隠すほどのことじゃないじゃん。誰でもすることなんだし。アタシがこの子たちに会ったのって今年のええと……2月だっけ。そのときにはこのふたりもう仲良しだったし。旅先で芽生える恋ってありそう」

「そうなの？」

なんで瑠佳さんまで、そこで綾瀬さんに訊くんですか。

「いえ、別にそこで何かあったわけじゃ……」

綾瀬(あやせ)さんの言葉を聞いたメリッサがやっぱりそうだよねとばかりに言う。

「じゃその前から付き合ってんじゃん！　ってことはもう何十回もしてるでしょ！」

綾瀬さんが首を真横にぶんぶんと振る。もちろん俺も右に倣った。

「うっそぉ。高校生が耐えられるものなの？　アタシなんて告白したらその日には──」

「おいこら」

「日本の高校生、そんなにピュアなの？　アタシがこの子たちの頃は、食欲と性欲は天井知らずだったケドなー」

「誰もがアンタみたいなのだと思うなよ。肉食獣め」

「ルカも激しいほうじゃん」

「……まあ、それなりに？」

「じゃあ不思議がってもいいでしょ。ねね、サキ。さすがにペッティングくらいは──」

「だからアタシらの常識を押しつけんなってば」

「う……」

「日本じゃ性教育だって遅れてるんだ。暴走させてどうする。あんたたちもこいつの言うことをそのまま真に受けなくていいからな？」

「そうそう。ちゃんと避妊は必要だよ」

「まだ言うかっ」

瑠佳さんがメリッサの頭の左右にげんこつを当ててぐりぐりしている。いわゆる梅干しっていう行為なわけだが——意外と痛いらしいが体験したことがないのでわからない。

「わ、わかったって。ヘルプ！」

「よーし。日本じゃ、そういうのはセクハラだから気をつけろよ？」

「わかったわかった」

メリッサは降参とばかりに両手を挙げてからぽつりと言う。

「——でもさぁ、愛し合うって、幸せな行為じゃん。後ろめたく思わなくてもいいと思うけどな～」

どこか不満げにも聞こえる言葉に俺は不意を突かれてしまった。

幸せな行為。確かに綾瀬さんと初めて抱きしめあったとき、ほっとしたし、互いの体温を感じることに安らぎを覚えた。

キスをしたときにも幸福な感情を味わったけれど。

恋愛における様々な行為（抱擁とかキスとかそれ以上とか）によって、脳内物質であるエンドルフィンやセロトニン——いわゆる幸せホルモンが出ることはよく知られたことではあるのだが。漫画にもあったたし。だから快感が伴うことは科学的にも——いや、そういう話じゃないか。

自分たちが、キス以上のことを？

そう考えただけで、罪悪感が芽生える。なぜだめなのかと訊かれると答えられない漠然とした、してはいけない行為、という認識があった。

だから、そんなふうに考えたことがなかったんだろう。

夏の終わりの花火大会でも、互いに見つめ合ったままで手を繋ぐくらいで。

隣の綾瀬さんがどう感じているのかわからないけど、たぶん、綾瀬さんだって……と思いながら真っ赤になったままの綾瀬さんを見つめて考えた。

俺と同じように考えてる……はず。

はっとする。

──いや、自分ひとりで一方的にだめだと決めつけるのはおかしい、か？

俺はまたひとりで勝手に決めてしまうところだったんじゃないか？

実際、綾瀬さん自身は本当のところはどう思っているんだろう。すり合わせるべきか。

でもこれはすり合わせた瞬間にそれこそセクハラっぽくならないだろうか。

思考がぐるぐる回って収集が付かなくなりそうだ。

そのとき会場係の人がやってきて、そろそろ……と声を掛けてきた。

挨拶の最後だったからと、つい話しこんでしまったけれど、さすがにこれ以上は迷惑になりそうだ。

俺が声を掛けると、綾瀬さんもはっと気づいて慌てた。そんな綾瀬さんをメリッサも瑠佳さんも、まるで妹か後輩を見守るかのような目で笑みを浮かべながら見つめていた。

「あの、じゃあ、俺たち帰ります」

「またライブがあったら来てね。YouTubeもヨロシク！」

綾瀬さんがうなずいてから「観ます」と言った。

俺たちはメリッサと瑠佳さんと握手をしてから会場を後にする。

陽が落ちて空はもうすっかり真っ暗で風がやや冷たくなっていた。用意してきた上着を綾瀬さんが羽織る。

帰宅途中の帰り道、綾瀬さん――沙季と歩きながらも、メリッサの落とした爆弾のせいで俺たちはろくに話すこともできなかった。

口を開いたら、あらぬことを口走ってしまいそう。

愛し合うって、幸せな行為じゃん――。

メリッサの言葉が耳の奥に残って離れなかった。

## ●9月23日（木曜日・祝日）　綾瀬沙季

メリッサのライブはもちろん楽しみだった。

でもそれと同じくらい、こうして浅村くんといっしょに遊びに出ることが楽しみだった。

見上げれば日没間近でもまだ蒼さの残る空。

晴れてよかった。心を浮き立たせながらライブハウスへと向かう。周りを見回せば渋谷の街はひと足早く秋の装いになっていて、ショーウィンドウのマネキンたちは今年の流行色に体を包みながら、通りを歩く人たちの注目を集めようとポーズを取っていた。

そういえばと隣を見る。今日の浅村くんのファッションは彼らしいと思う。ごくふつうの淡い青のジャケットにスラックスというコーデは、私だったらもっとアクセントカラーを入れるけれど、浅村くんはいつも色数が少なめだ。

でも、これは恋人の欲目というものなのかもしれないけれど、そのさりげない着こなしがなかなか素敵なんじゃないかと思ったりもする。浅村くんらしくていいねって。

だらだらと他愛ないおしゃべりを楽しみながら通りを歩く。すれちがう人たちの中にも男女の連れが何組も居て、手を繋いだり腕を組んだり、それぞれがそれぞれの距離を保ちながら歩いていた。まったく同じ距離感のカップルなどいなくて、身体がくっついてしまうんじゃないかと思うほど互いに寄り添って歩く二十歳ほどの男女もいれば、もう七十を越えていそうな老夫婦はふたりとも杖を突きながらゆるゆると――たまに立ち止まって、とんとんと腰を叩いたりしながら――歩いていたりする。

それぞれがそれぞれの付かず離れずで歩いているのだ。

浅村くんが軽く手を持ち上げて私のほうへと差し出してくる。私はそれに気づいて抱えていた荷物を反対側に持ちなおして手を繋いだ。

ふたりの歩く間を繋いだ手が前後にゆらゆらと揺れる。これが今の私たちの距離感ってことなんだろう。

開場時間の十分ほど前にはライブハウスのある建物まで辿りついていた。

「あれじゃない？」

入り口に迷ったけれど、私が運よく看板を見つけることができた。

どうやら目の前の建物の地下の階にあるようだ。

しばらくして開場待ちの列ができた。後ろに並ぶと、ほどなくして中に入ることができる。入り口で受け取ったパンフレットを手にして席へと向かった。

初めてのライブハウスだから、物珍しいものでいっぱいだ。

扇の形になっている階段状の音楽ホールのようなところを想像していたのだけれど、ふつうの四角い部屋だった。演者と客の距離がかなり近い。

すでに楽器が運び込まれていた。バンドの人たちがせっせと楽器を鳴らして音を試している。中央にはマイクスタンド。おそらくあそこでメリッサは歌うのだろう。

目を客席のほうへと向けると、一般席と、その後ろに関係者席がある。

指定されたエリアの前のほうに空いた席を見つけて浅村（あさむら）くんとともに座る。席に着いてからも、きょろきょろとあたりを見回してしまった。

入ってきた扉のあたりが視界に入ったところではっとする。

先ほど潜（くぐ）り抜（ぬ）けた縦長四角の扉の脇に、大きなポスターが貼られている。それが今日のライブのポスターだとわかったのは、入口で渡されたパンフレットの表紙と同じものだったからだ。

真っ先に目を惹（ひ）かれたのがバストショットで写るメリッサの強烈な眼差（まなざ）しだった。風に乱れる蜂蜜色の髪越しに見えている片方の瞳が、こちらを喰（く）らわんとばかりに睨（にら）みつけてくる。視線の圧に思わず気圧（けお）されてしまう。むき出しの肩。褐色にきらめく胸元へと首から下げられた細い銀の鎖が斜めになって揺れていた。

背景はたぶん合成で、鬱蒼（うっそう）と茂る森だった。緑が濃くて熱帯の生命力に溢（あふ）れた力強さを感じる。色濃い自然を背景にして合成しているのに、メリッサの表情は周りの緑に埋没することなく生き生きとしていて私の目を奪う。よく見れば、時に忘れられたように佇（たたず）む古い遺跡が森の風景の中、端のほうにひっそりと映り込んでいた。

「いいな、あれ」

思わずつぶやいてしまった。

隣に座っている浅村くんも私が見ているのと同じものへと顔を向けていた。彼も入り口で手渡されたパンフレットと同じ写真だと気づいたみたい。

あらためて膝の上に置いていたパンフレットを開く。

薄暗い室内だから細かい文字を読むのは後回しにして、表紙から順に眺めていく。

中身も素敵だった。

四角く囲まれた記事はすっきりとして見やすく、読む者への気遣いが感じられる。

それが荒々しく見える表紙のメリッサとても対照的なのだけれど、囲み記事と記事を繋ぐように緑の蔦の模様が絡まるように配置されていて、表紙との統一感を失っていなかった。偶然なのかもしれないが、もしかしたら野性味あふれるメリッサの内面にはこういう繊細さがあるのかもしれないな、などと思ってしまう。

パンフレットの後半はメリッサの日常を切り取ったスナップショット集みたいになっていた。きれいな写真の数々を眺めていて、ふと、あれ？　と思う。

笑っている写真がない。

なぜだろうと思いつつめくるとそこが最終ページで。マイクスタンドにすがりつくようにして熱唱しているメリッサが上半分を占め、下にはスタッフたちと肩を組んでいる集合写真があった。その写真のメリッサだけが弾けるような笑顔を見せている。そこでぎゅっと私の心が掴まれた。

ああ、そういうことか。

メリッサは、その独特の感性ゆえに日本の社会では受け入れられず、異国の地に自分の居場所を見つけた。

『自分が好き放題に生きても文句を言われないコミュニティを見つけておくこと、だよ』

いつかのメリッサの言葉が蘇る。

彼女が見つけたのが彼らとともに歌っているこの場所なのだろう。

手にしているパンフレットには、メリッサという人物がコンパクトに封じられているように感じる。これを作った人はメリッサをとてもよく理解しているにちがいない。

しかも、彼女の辿ってきた歴史を振り返るのに、過去の写真など使うことなく、今撮影できる写真だけで内面までを表現できている――気がする。

写真……かぁ。

私は自分自身を写した写真をほとんど持っていない。目つきが悪くてカメラ映りが良くないから、と周りにはそう言っている。というか、私自身も今このときまで自分の言った言葉を信じていた。

でも、こうしてメリッサという人物を現在の写真だけで表現されてしまうと、私は実は写真というものが怖かったのではないかと思ってしまった。より詳しく言うならば、一瞬の真実を切り取られるのが怖かった、ということになるだろうか。

逆説的だけれど、そうやって一瞬が固定化されると、それが永遠でないことが証明されてしまう気がして……。

ほう、と溜息をついてしまう。

まさか自分がライブで配られたパンフレットひとつでここまで考えることになるとは思わなかった。それもこれも、このパンフレットが――。

「スタイリッシュだし。おしゃれで、いいなぁ」

素直な感想をひとりごとで言ったつもりだったのに、ありがと、とお礼のような言葉を言われてびっくりした。声のほうへと慌てて振り返る。すぐ後ろの席に座っていた女性が照れたような笑顔を見せながら言う。

「それ作ったの、あたしなんだ」

彼女は「秋広瑠佳」と名乗り、自分がメリッサの友人でありデザイナーであると言った。

つまり、このひとがこの薄いパンフレットの中にメリッサを封じ込めた張本人なわけだ。

そう思うと、果たしてパンフレットを見て感じた自分の感覚がどこまで正しいのかを知りたくなり、少しだけでも話がしたかった。

けれど、意を決して話しかけようとしたら、瑠佳さんは誰かに呼ばれて席を立って行ってしまった。しかも、もうメリッサのステージが始まる時刻だった。

後ろ髪を引かれつつ、私はステージへと視線を戻した。

ライブが始まった。


ステージの中央にやってきたメリッサは最初の一曲を静かに始めた。

シンガポールのレストランで見たときと同じようにギターを手にしている。用意されていたスツールに浅く腰かけて、つま弾きながら歌うメリッサは、どこか遠くを見つめているように見えた。

伸びのある声が広がると、自然と客席の集中力も上がっていって、みんな息を潜めるようにして聴き入ってしまう。

民族音楽とロックを混ぜたよう——という印象は最初に聴いたときのままだ。私のような音楽の素人の感想がどこまで正しいのかはわからないけれど。

始まりの曲こそおとなしめだったけれど、そこから徐々にアップテンポのにぎやかな曲も歌い始める。話しているときの彼女のイメージに近いのはそういう曲のほうだった。

メリッサの作った歌のほとんどはYouTubeで聴くことができる。歌詞は全て英語だけれど、何度か聴いているから、イントロが流れ出したところであぁこれかと思い出すことができた。

トークは控えめだった。始めに挨拶があり、中盤に演奏メンバーの紹介があり……でもそれくらいだろうか。これはメリッサの会話がほぼ英語であり、観客のほとんどが日本人であることも原因だろう。彼女の語学力ならば日本語で話しかけても通用すると思うのだけれど、英語ほど自分を表現できると思っていないのかもしれない。

耳に心地よい歌声に酔いしれていると、あっという間に時間が過ぎた。

2時間のライブがクライマックスに差し掛かる。

メリッサが客席のほうへと向き直り、次の曲が最後であると英語で告げた。

演奏が流れ出す。

――あ、これ。好きなやつ。

イントロで即座にわかった。アップロードされている曲の中で再生回数がもっとも多いやつだ。私がいちばん聞き込んだ曲だった。『But I was free born』。メリッサがタイトルにしたその言葉の元ネタはどこかにある有名な文らしく、言葉の一部が映画のタイトルにもなっている。映画のタイトルは『Born Free』だったかな。

――私は生まれながらにして自由です。

ギターを置いてメリッサはマイクにすがりつくようにして歌いだした。パンフレットで見た表情だ、と気づく。

すこし、YouTubeで聞いていたやつよりもテンポが速い。

というか、段々速くなってる? 歌いだしよりも、すこしずつすこしずつ速くなっているように思える。演奏している人たちが、ちょっと驚いたような顔をしている。けれど、慌ててはいない。メリッサのテンポに合わせて演奏しつづけている。

自由を奪われている状態から逃げ出した、という歌詞なので、急かすような歌い方と相まって、まるで何かから逃げているかのよう。

疾走感が増していくに連れてメリッサはスタンドからマイクを外した。両手で握って、まるで大事な宝物を握りしめているかのように歌っている。

間奏に入ったところで、演奏していた人たちは曲を元のテンポに落ち着けていく。

歌い始めのテンポが戻ったことで、歌詞に合わせてメリッサが逃亡の疾走感を出すためにそうしていて、バンドのメンバーたちが合わせていたのかな、とあらためて感じた。

間奏の間中、メリッサは両腕を垂らして顔を伏せていた。電池が切れた人形みたいだ。うなだれるメリッサを見ていると、逃げきれずに倒れたのか、逃げ切れて安心して休んでいるのか——どっちだとどきどきしてしまう。

歌詞を知っているはずなのに、メリッサの身体表現に引きずられて私は見守るしかない。

ゆらりとメリッサが身体を起こす。

間奏が終わって、ふたたび歌が始まる。

メリッサは顔をあげて、マイクを握りなおし、最後のサビを歌う。

スポットライトを浴びて光り輝いているメリッサは手を高く高く上げて――。

腕を伸ばしきったところで、何かを掴み取ったかのようにぎゅっと拳を握って胸元に引き寄せた。

歌の最後を高らかに歌い上げた。顔には歓喜の表情だ。

歌い終えると、大きく息をついてから、客席に向かってお辞儀をした。

ぶわっと自分の身体の中の熱があがったかのように感じる。

なぜなのかわからないけれど、目頭が熱い。なんか泣きそう。

拍手をしようとして、腕をあげたとき、誰かの手にぶつかったけれど、そのまま何度も両手を打ち鳴らした。会場内からも大きな拍手と歓声が飛んでいる。

メリッサは盛り上がる客席に向かって両手をあげて応える。

してやったという表情のメリッサに対して。

「メェリーッサァ！」

まるで教師が生徒を叱りつけるような口調で、演奏していた背後の男性のひとりが叫ぶ。

ん？　なんか、怒られてる？　他の演奏メンバーからは苦笑いのような表情を浮かべられていた。メリッサが声の主に向かってぺろっと舌を出し、拝むようにして謝ってる。まるでいたずらっ子のような顔をしたまま。

それから客席のほうへと向き直ってお辞儀。舞台の袖へと捌ける。

拍手はやまない。アンコールをせがんでいる。

それに応えてステージの袖からメリッサが再登場する。

最後の一曲は静かな歌。なんだか古めかしいうえに、聴いたことがない。オリジナルの新作かな、と思ったら……意外なことに意外な人が曲を知っていた。

「『Fly Me To The Moon』だ……」

隣にいる浅村くんが小さな声でつぶやいた。思わず「知ってるの？」と聞いてしまう。

周りの人の邪魔にならないよう気を使って、浅村くんは私の耳許に口を寄せてささやき声で教えてくれた。ジャズの名曲だよ、と。

Fly Me To The Moon――私を月まで連れてって。

おおもとの題は『In Other Words』。制作年代は半世紀以上前。浅村くんがちょっとした蘊蓄を教えてくれる。これはね――。

人類とともに重力の軛から逃れて月にまで辿りついた最初の曲なんだ。

浅村くんの唇が紡ぐ言葉が顔の間近から私の中に流れ込んでくる。その瞬間に、私は自分が先ほどぶつかった手が彼のものであることに今さらながら思い至った。言葉とともに私の頬に彼の吐息が当たる。

ステージの上ではメリッサが掠れるような声で切なげに歌っている。

サビの最後は誰でも聞き取れる英語だった。だって「I love you」だもの。

いつの間にか浅村くんの顔はちゃんと前を向き、ステージのメリッサを見つめていたけれど、逆に私のほうがメリッサの歌を聴ける状態ではなくなってしまっていた。「I love you」は歌詞のほうだし、浅村くんが語っていたのは蘊蓄だし、別に彼は私の耳許で愛をささやいていたわけではないのだけれど、メリッサ、ごめん。私の頭の中でそんなことがぜんぶ混じってしまって、ああ、そうか。思い出してみれば、けっこう、ごつごつしてたよね。男の子の手だもんね。女の子とはちがって……。じゃなくて。だからぁ。ええい、去れ、煩悩め。

気づけばメリッサは観客席に向かってお辞儀をしており、客席からは万雷の拍手。私は慌てて両手を打ち鳴らした。

こうして2時間のライブが終わった。

こっそり深呼吸を繰り返し、ようやく鼓動が落ち着いた頃、関係者席にまわってきた係の人が「このあとメリッサが挨拶に来ます」と告げた。

「ええと……。どうする？」

浅村くんに相談する。

「あまり遅くならないようなら残ってみよう。せっかくきたんだし、挨拶したいでしょ？」

「ありがとう」

あまり待たされることなくメリッサがやってくる。ステージの上とはちがってすっかりリラックスした表情をしていた。

握手と挨拶の為に列に並ぶと、私たちの前にちょうど瑠佳さんが居た。

その瑠佳さんに背を押され、メリッサと向き合う。その途端にステージでの感情が蘇ってきて、私は大したことも言えずにただこうつぶやく。

「あの……よかったです」

「ん。ありがとね」

最初の言葉が出ると、あとは流れるようにステージを観た私の想いが溢れてくる。親しい友人とスタッフしか居ないからか、私たちが列の最後だったからか、メリッサは熱に浮かされたかのように捲し立てる私の感想を黙って聞いてくれた。

私の熱い感想に当てられて照れているメリッサを瑠佳さんがからかう。

話の流れで、私が瑠佳さんの作ったパンフレットやポスターを褒めていたことが話題になった。そう、その話を私はさっきしたかったんだ。緑の密林の中に古い石造りの建物がひっそりと写りこんでいた。瑠佳さんに問いかける。あれはどこでなんの遺跡かと。瑠佳さんは問いに問いで返してきた。

「どこだと思う？」

私はパンフレットを見て気になっていたことを頭の中でまとめて話してみた。

メリッサの感想を熱く語ったからか、いつになく頭はくるくるとよく回転してくれた。

あのパンフレットは、メリッサの音楽性が何に由来しているかを表現している。

メリッサにとって日本は生きにくい土地だった。だから、自分が好きに生きても文句を言われない場所を探して旅をした。いま辿りついた場所は、少なくとも日本よりは彼女が気楽でいられる場所なのだろう。

彼女は自分を放っておいてくれる場所で、ようやく鎖を切って解放された。そのときの解放感みたいな感情がメリッサの歌詞や曲には反映されている——と思う。

南アジアの民族楽器の音もそれにいくらか貢献したのかもしれない。

そこから彼女の音楽は始まったのだ。

BORN FREE。人はみな自由なものとして生まれる。けれども、それを縛るものがある。

メリッサの音楽はそれを断ち切るところから始まっている。

手元のパンフレットにちらりと視線を落とす。そう、彼女の音楽はこの南アジアの地から始まっている。

けれど、それは背景にあって、彼女の眼差しはこちらに向いている。

私はここから来た。そして今からそこへ行くぞ。待っていろ——と。挑むような目つきで、あるいは、隙を見せれば喰らってやるぞという気迫をもって。

「あのポスターはそんなことを言ってる気がしたんです。だから……場所は、南アジアのどこかの遺跡なのかなって」

私の答えは半分当たって半分外れていた。

場所は当たっていた。かつて瑠佳（るか）さんが旅したことのある南アジアのジャングルだという。ただ、遺跡じゃなくてせいぜい数十年の廃墟（はいきょ）だった。つまりそれほど古いものではないということだ。

「コイツ連れてロケに行ってる時間も金もなかったしさ」

しれっと軽い口調で言う。

それから瑠佳さんはポスターの写真を撮るときの苦労話をしてくれた。笑い話として話してくれたけれど、本当に苦労したんだろうな。

メリッサのはからいで、私は瑠佳さんから名刺を受け取ることができた。

インスタに幾つか趣味のアートを載せているらしい。後で見てみようと心のメモに書きつける。

そこで、はっと気づいた。メリッサのライブがお出かけの主目的なのは確かだけれど、これはライブデートでもあったのだった。浅村（あさむら）くんを置いてけぼりにしている。

瑠佳さんも気づいてフォローしてくれる。

ところがメリッサときたら、この前会ったときに私には門限があると言っておいたのにもかかわらず、このまま帰るという私たちの言葉を信じてくれない。

「ね、サキ。えっ。ほんとにえっちしないの？」

「訊くなっての！」

ぺしっとまるで漫才のツッコミのように瑠佳さんがメリッサの頭の後ろをはたいたけれど、それを笑っている余裕は私にはなかった。

「しし、しませんっ」

なんてことを訊くのだ。このひとは。

私は心臓の鼓動が倍の速度で打ち始めたのを感じる。メリッサの歌声で最高にテンションが上がったと思ったのに、本日の最高どきどきは今この瞬間だ。なんてこと。おまけにライブを聴いていたとき、浅村くんと手と手がぶつかったことまで思い出してしまった。それから、メリッサのアンコールのとき、耳許に吐息混じりで聞こえた浅村くんの声。まるでヒーリング音楽のよう。ASMRってジャンルの音について真綾に教えてもらったのをふと思い出す。浅村悠太ASMRが臨場感たっぷりに脳内で再現されてしまった。

ちょうどそのタイミングでメリッサが言う。

「でもさぁ、愛し合うって、幸せな行為じゃん。後ろめたく思わなくてもいいと思うけどな～」

日常生活の営みの延長線上にある、当然の行為だよとメリッサに断言されてしまって、つまり恋愛生活の中には浅村悠太ヒーリングボイスASMRを耳許で流しながらしあわせなこういをするということがとうぜんのことであ――

「綾瀬さん？」

「ひゃい⁉」

耳許で名前を呼ばれて、私の心臓が飛び跳ねた。

「あ、ごめん。なんかぼうっとしてたけど……ほら、そろそろ帰らないと」

「だ、だね！」

辛うじて言った。

「あの、じゃあ、俺たち帰ります」

「またライブがあったら来てね。YouTube もヨロシク！」

さすがにそこで冷静になった。

「観ます」

そう、しっかりと答える。


家までの帰り道。

私も、浅村くんも、会話もせずに黙々と歩いていた。

手を繋ぐことさえ忘れてたし、なんなら手を繋がなくて助かったとさえ私は思っていた。

手を繋ぐなんて。そんなことをしようものなら、私は、絶対メリッサの言葉とともに浅村くんとぶつかったときの手の感触を思い出してしまう。

耳許へのささやき声が再現されてしまう。

どうしよう、隣を歩く浅村くんの気配だけで私はなんだか落ち着かなくなってるんだけど。心臓が鳴りやまない。これはおかしい。

煩悩が脳内でぐるぐる、ぐるぐる。

私は乱れる気持ちを自分で観察して、綾瀬沙季ってこんなだったっけ？　とひとり戸惑っていた。こんな——こんな……。

『いい意味でアホになった！』にぱっと微笑む真綾の顔が脳裏に浮かぶ。

ち、ちがう！　私はそんな……アホじゃない……たぶん。


冷静になる必要がある。客観的に自分を見つめ直す必要が。

もしかしたら日記をやめてから私は自分を客観視できなくなっているのかもしれない。

再開すべきだろうか。もう、浅村くんには私の心の内がバレてもいいわけだし。

私の脳内でちび綾瀬沙季が煩悩の湖で白鳥のダンスを踊っていることがバレたとしても、浅村くんにになら。

……いや、べつの意味で、だめかもだけど。

## ●9月24日（金曜日） 浅村悠太（あさむらゆうた）

どこまでもつづく真っ白な部屋だった。

部屋の真ん中に置かれた真っ白なベッドに、これまた真っ白なネグリジェを纏（まと）った綾瀬（あやせ）さんが寝そべっている。ネグリジェから伸びるすらりとした腕と脚の肌色と広がる金髪が白い空間の中でそこだけ浮き上がって見えていた。その隣で俺も寝転がっている。シーツはふたりの重みで皺（しわ）を形作っていた。

綾瀬さんの細い指先がそろりと伸びて俺の胸板に触れてくる。

「悠太……」

吐息混じりに名を呼ばれて遠慮がちに撫（な）でられる。ふわふわと夢見心地でこれがとても現実のこととは思えない。互いに顔を寄せる。綾瀬さんの頬（ほお）はわずかに上気していて、柔らかそうで。潤んだ瞳と朱（あか）い唇が近づいてくる。それに応じるように俺の腕も彼女の身体（からだ）へと伸びて、彼女の纏う白いネグリジェに皺が寄るほど強く――。

「――っは！」

俺は飛び起きた。

寝汗がじとりと重たい。心臓が音を立てて脈打っている。

夢だった。しっかり夢だった。現実の俺の部屋は何処(どこ)までもつづいたりしない。有限だ。少し考えればわかることじゃないか。

　でも、そうか。

「夢か」

　惜しか——じゃない。ちがう。なんて夢を見てるんだ俺は。

　夢見心地から覚めると、途端に心の奥に鉛を流し込んだような気分になる。

　確かに俺と綾瀬さんとは恋人同士だ。そして俺にも高校生男子としての人並みの欲求はある。だからあんな夢を見てしまうのはごくふつうのありふれた——。

　などと流せないのが俺の性格なのであって。俺は綾瀬さんを性的な側面だけ切り取った対象として見てしまうことに罪悪感があった。後ろめたさと言ってもいいかもしれない。

　実際に酷(ひど)いことをしているわけではない、だから気にすることはない。そう思いたくもなる。けれど、現実の俺の内面はむしろ逆だった。

　夢というのがまた良くない。現実のコミュニケーションとはちがって一方的にしかならない。夢の中ではすり合わせのしようがない。さらに、こうして目が覚めた俺は、夢の中の綾瀬さんが綾瀬さんらしくないことがわかってしまう。

　あれは俺の願望が具現化した綾瀬さんなのだ。

　もちろん内心の自由があるのはわかっているのだけれど、やはり綾瀬さんへと一方的に性的な感情をぶつけているようで。彼女の人格を無視してしまったようで。ちがうんだ、俺は決して綾瀬さんを蔑ろにしたいわけじゃなくて。

現実なら提案をすればすり合わせができるんだけど。とはいえ提案といってもな……。

そのハードルも高い。

「っていうか。そもそもそんな時期じゃないだろ……」

独りごちてしまう。

現実的なことを言えば、ようやく進路を定めることができて受験勉強にも身が入ってきたのが最近なわけで。

オープンキャンパス以降、俺は第一志望を一ノ瀬大へと絞った。綾瀬さんも俺の進路を聞いて応援してくれている。

互いに切磋琢磨して受験勉強をしようね、と誓い合ったのだ。いやそこまで大げさじゃなかったか。「決めたよ」「頑張ってね」くらいだ。

とはいえ、互いに希望大学は難関で、俺は彼女の勉学への集中を邪魔したくない。

それに、そもそも性的なコミュニケーションなんてどう提案すればいいのかわからない。

すこし前に俺と綾瀬さんとの間で決めた合図はある。

相手のすねを軽くつつくという行為で、ハグをしたいという気持ちを伝えようと。

ではその先は？

ハグよりも先に進もうと思ったら、なんと言えばいい？

すねをつつく回数を増やせばいいのか？　3回ならハグ、4回ならキス、5回なら……

いやいや、どんな暗号だ。スパイ小説じゃあるまいし。現実的じゃない気がする……。

問題は提案の困難さだけではない。

綾瀬さんは離婚した実父への不信感からか男性不信に陥りかけていた。そんな彼女に、男性側からより濃密な接触をしたいと伝えたとしたらどうなるのか。

今から思えば、妹としてではなく異性として好きになったと伝えた頃から、うっすらとそのことは考えていた気がする。だからなおさら付き合って一年にもなるのに、そういう提案ができなかったというか。無意識に避けていた気がするのだ。

君とキス以上のことをしたい。

もしそう告げたら――綾瀬沙季（さき）はどう感じるだろうか。

一年以上をともに過ごしてきての結論は――「わからない」だった。

どうしたら彼女を傷つけずに自分の気持ちを伝えられるかもわからない。

俺には男女間の性に関するコミュニケーションの経験値が圧倒的に足りない。綾瀬さんが初めての彼女なんだから当然といえば当然だけど。

そもそも俺でなくとも、性にまつわる感覚の差異ってやつは恋人同士の間で起こりやすい不一致らしい。特に日本では性について隠匿しがちであり、だからこそパートナーとの性交渉については難しい問題なのだ。

と、本にも書いてあった。

世間一般でもそんな調子だというのに、経験に乏しい俺が綾瀬(あやせ)さんにハグやキスの先に進みたいと伝えて、二人ですり合わせを進めて、実際にそういった行為に至るまでにはいったいどれほどのハードルがあるのだろうか。

今の俺には想像もできない。

そう思うと昨日のライブで会ったあのメリッサという女性はすごい。あれだけ明け透けに性を語る女性に俺は会ったことがない。明け透けに下ネタを語る女性なら知っているが、あれとはだいぶちがう。

――って、ああそうか。どうしてこんな夢を見たのかと思えば、昨日の彼女の言っていたことが引き金になっているんだ。

『愛し合うって、幸せな行為じゃん。後ろめたく思わなくてもいいと思うけどな~』

幸せ――か。

メリッサの言ったことが性欲を満たせるから満足――という以上のニュアンスを含んでいたのは間違いないと思うのだけれど、残念ながら俺にはそこも想像の範囲でしかない。

けれど、あの言葉が引き金になって、綾瀬さんとより密に触れ合う妄想が頭の奥底に棲(す)みついてしまっているのだろう。

深く息を吸い込む。
頭の中に溢れた言葉を全て包み込むくらいに、しっかりと空気を取り入れる。それから
ゆっくり吐いていく。取っ散らかっていた思考がすべて空っぽになるくらいに。
寝起きの頭でこんなことばかりをぐるぐると考えていても仕方ない。
脱力したところで、ぐぅ、と腹が鳴る。
「……朝飯、食べるか」

部屋を出て廊下を歩いていると、キッチンから出てきた綾瀬さんとばったり遭遇した。

制服の上にエプロンを着けている。

一瞬、互いの動きが止まった。

俺はといえば、夢で見た真っ白なネグリジェに身を包む綾瀬さんの姿を思い出してしま
った。実際はいつも通り、きっちりと身だしなみを整えているのだけど。

「おはよう沙季」

「ん。おはよう悠太兄さん。いま起こしに行こうかと。そろそろ食べないと学校に遅刻し
ちゃうから」

「ああ、ごめん」

朝っぱらから考え事に耽りすぎたか。

ダイニングに親父の姿はすでになかった。食器も片づけられているみたいなので、もう仕事に出たらしい。

「今日も作ってもらっちゃった」

「えっ。親父が作ってったの？」

献立は目玉焼きとウインナー、味噌汁とご飯だった。たしかに親父でも作れないことはないメニューだけど。

「目玉焼きだけは私。冷めちゃうかなって思ってぎりぎりで作ったの」

どうやら綾瀬さんも昨日のライブの疲れが出たようで、起きてきたらもう出来上がっていたとのこと。

食卓に向かい合わせに座って手を合わせた。

「いただき、ます」

ぎこちない言い方になってしまうのは仕方ない、と、思う。さっきまで夢の中であんなことをしていた相手と顔を突き合わせて食事なんだし。

しかし、こうしてあらためて間近で見ると、やはり夢の中の綾瀬さんよりも、きっちり身だしなみを整えた制服姿の綾瀬さんのほうが馴染みがある。普段着はワンショルダーのトップスとか着こなしているけれど。ネグリジェの肩出しはやはり刺激がつよ——。

ええい、去れ、煩悩め。

「食べないと遅刻だってば」

「ああ、ごめん」

箸で摘まもうとしたら、ウインナーがつるんと滑って皿に落ちた。

「あ」

内心の動揺が現れてしまったらしい。が、それを悟られたくなくて、俺はなに食わぬ顔で再び箸を伸ばし。

つるんっ。

ウインナーは再び皿に落ちた。

「……」

俺は箸を突き刺したくなる衝動を抑えて、慎重に、平常心を取り戻しながらゆっくりとウインナーを摘まんで口へと運ぶ。

そういえば俺は半日経ってもこれだけ動揺しているのだけれど、綾瀬さんは平気なのだろうか。

ウインナーを齧るついでにちらりと盗み見る。

つるんっ。

綾瀬さんの箸からウインナーが逃げ出していた。

齧っていたウインナーを吹き出しそうになる。もしかして綾瀬さん、俺と同じなのでは。

彼女が再び箸を伸ばすも。

つるんっ。つるんっ。

やる気は空回りし、ウインナーは何度も脱走する。

「……いや、違うの悠太兄さん。これは別に動揺しているわけじゃなくて」

「まあ、油で焼いてるからさ、摘まみづらいってのも――」

つるんっ。

「いや……俺もちがうんだ」

「う、うん」

気まずい。

気持ちを落ち着けるべく味噌汁に取り掛かる。

椀に箸を差し込む。豆腐を掴んで引きあげていくと、底に溜まっていた味噌が煙のように形を変えて揺らめく。綾瀬さんの作る豆腐のお味噌汁は豆腐の大きさがちょうどいいのだけれど、親父作のはいささか大きかった。豆腐というのは味が薄めで、だからこそ鍋には合うのだけれど、味噌汁に2センチ大でゴロっと入れてあると、噛むと口の中が豆腐だけで一杯になってしまう。味噌の味、どこへ行った。

なるほど、豆腐の大きさは重要――俺は心の料理メモに書きつけた。

なんて自分の料理スキル向上について考えていたら不意に綾瀬さんが口を開いた。

「今年の文化祭はどうしよう」

どう、というのは？　俺は意図を図りかねて目で尋ねる。

「ほら、昨年は階段でちょこっと顔を合わせただけで一緒に出し物を回ったりはしなかったでしょ」

「そうか。あれももう一年前か」

周囲の視線を気にした俺たちは、まるでいけないことでもしているかのように、人目をはばかって会っていたっけ。

「今年は隠れる必要はないと思うけど……ほら、お母さんたちが」

「あー……そういえば」

言い出したのは亜季子さんだった。

今月に入ってから文化祭に行くために休暇を申請した。すると、亜希子さんは今年こそ娘の晴れ姿を見たいからと文化祭の開催日を伝えた。

「俺たちの出し物が『メイド&執事喫茶カジノ』だって知ってから特になんだよなぁ」

「あのひと、仕事柄、私の接客を見てみたいらしいのね」

それにしたって娘のメイド服が晴れ姿かどうかは怪しいと思うんだが。

「あと『悠太くんとふたりそろって仲良く模擬店してるとこ見ておきたい』だって」

「接客してるところなら、バイト先に見にくればいいのに」

「それはお仕事の邪魔になるからいやだって」

それもそうか。

まあ、そういうわけで、亜季子さんは文化祭の為に有休を申請したわけだ。

そうしたら『僕も行きたい』などと親父が言い出して、けっきょくふたり揃って来ることになった。相変わらず仲が良い夫婦だ。

「去年も一昨年も来なかったくせに、亜季子さんが行くって言ったら来るんだよな、あの親父は……」

「ま、まあまあ。太一お義父さんも気にはしてたんだと思う。ちょうどいい機会だって思ったんじゃないかな」

「そうかなぁ」

息子と娘にかこつけて亜季子さんとデートしたいだけなんじゃなかろうか、あの親父は。

「で、土曜日だっけ？」

「うん。そっちのほうがその週は休みが取りやすいんだって」

親父のほうはもともと土曜日は休みだから、亜季子さんさえ休めればふたり揃って問題なく来ることができる。

「いまさらだけど、俺か綾瀬さんのどちらかが土曜日の接客係に居たほうがいいかもね。親父たちもせっかく来て俺たちと会えないんじゃがっかりするだろうし」

「というか、『ふたり仲良く』を見たいんだったら、私たちがふたりとも接客してるときに来てくれたほうがいいんじゃない？」

「じゃあ、俺たちふたりとも土曜日のシフトにしてもらったほうがいいわけか」

「そうなの。浅村くん、いつの担当で申請してる？」

「俺は面倒だから土曜日の前と後にやることにしてる。そうすれば次の日がまるまる暇になると思って」

　文化祭は2日間で、さらに午前と午後があるから、都合4回の勤務時間があるわけだ。その4コマのうち、接客班は2コマは担当しなくちゃいけないことになっていた。

「私は土曜日と日曜日の前半に入れてたけど……。入れ替えてもらえるかどうか委員長に相談してみるね。それができれば私も日曜日は一日暇になるし」

「だね。親父が朝起きられるかどうかわからないからなぁ」

　となると、どちらに来てもいいように午前と午後を押さえておくほうがいい。

　文化祭のスケジュールを頭に刻みこみつつ、綾瀬さんの口ぶりから、前もってこのあたりは考えていたのかなと思った。すらすらと対策が出てくるのだから。

　そして綾瀬さんはいちど目を伏せてから顔をあげる。

「で、そうなるとさ」

　俺はもう薄々わかっていた。

「うん。親父と亜季子さんが来たときに俺たちがふたりで出迎えると、どうしても俺たちの関係はバレるね」

とりあえずクラスのみんなにはバレる。これは間違いない。

あれだけいちゃいちゃしている親父と亜季子さんがいちゃいちゃしながら俺と綾瀬さんに親しげに話しかけてくるわけである。想像しただけで、大注目されることは間違いないと確信できる。

たんなる知り合いで納得してもらえるはずがないのだ。

「で、ね。クラスの人たちにいちいち説明してまわる気はないんだけど、でも、たぶん、なんとなくわかっちゃうと思う。私たちが義理の兄妹だって」

「だね」

そこで終わればいいが、さすがに高校生の血の繋がっていない男女が同じ家に住んでいるとわかれば、あれこれ想像するやつが出てくることは避けられない。なんといっても、義理の兄と妹は法律的には結婚可能なのだ。家族として迎え入れた身としては、できるだけ考えないようにしてきたことだったが。

「で、その……噂になる前に言っておきたい人がいるなって」

ああ、と俺はうなずいた。

憶測混じりに話をされるくらいなら、自分からしっかり話しておきたいプライベートってあるよな。

「私たちが義理の兄妹だってこと、もちろん真綾は知ってるけど。委員長と佐藤さんにはまだ言ってない。それがちょっと……気になってて」

「自分で言いたい？」

　綾瀬さんがうなずいた。

「わかった。そういうことなら、俺も……そうだな、吉田には言っておこうかな」

「文化祭の前に言っておいたほうがいいよね？」

　俺はうなずいた。

「そのほうが良いだろうね。ただ、こういうのはタイミングだと思うからさ。あまり言わなくちゃって自分を追い詰めないでいいと思う」

　一年近く黙っていたことをさらりと言えるような性格ならここまで悩むこともなかっただろう。

「あのふたりだったら黙ってたことを怒るような人たちには見えないし」

「わかってる。それは……わかってるんだけど」

　これ以上は言ってもプレッシャーになるだけだなと、俺は話題を変えることにした。

「問題は、さ。他にもあって」

「えっ？」

自分の思考に没頭していた綾瀬さんが顔をあげる。

「水星高校最後の文化祭だし、いちおう声を掛けないと末代まで忘れずにちくちく言ってくる人物の心あたりがひとり……」

「あー……読売さん？」

あたり。やっぱり認識はいっしょなのだろう。

「『後輩君ってば、私を誘ってくれないとは薄情じゃんかぁ。ねぇねぇ私たちの絆はその程度の浅いものだったのかなー。酷い酷い酷いよぅ。こうなったら、来年の文化祭狙いで後輩君に留年してもらうしかないかもだよ。祟ってやるぅ！』とか言いそうで」

俺の口真似に綾瀬さんが半笑いになる。

「さ、さすがにそんなことは言わないと思うけど……。じゃあ、ちょうど今日いっしょのシフトだし、その時にでも言っておく？」

「そのほうがいいかな」

「あ、でも……そうなると、読売さんにも私たちがいっしょにいるところを見られちゃう可能性があるのか」

「それはもう諦めよう。どうせ、もうバレてるんだし」

読売先輩には俺と綾瀬さんが義理の兄妹だということは最初の頃から知られているし、付き合っていることさえ言ってあった。

まあでも、あとはとくに誘う人がいるわけじゃなし。これで文化祭のすり合わせは完了かな——と思ったら、肝心なことを忘れていた。

綾瀬さんがつぶやく。

「で、そうなると、私たちふたりとも日曜日が暇になるよね」

そこでようやく気づいた。綾瀬さんは最初からこれを相談するつもりだったのだ。

俺は味噌汁を啜った。落ち着いて考えよう。ここは大事なところだ。

今年は高校生活最後の文化祭である。つまり今回を逃せば、綾瀬さんと一緒に同級生として文化祭をまわる機会は永遠に失われてしまう。

豆腐を齧る。でっかい豆腐は未だに味噌の味が染み込んだりもしておらず味が薄かった。

綾瀬さんとの文化祭デートを諦める……それはなんとも勿体ないことな気がする。

「俺は、まわりたいな。いっしょに」

ありのままの言葉が飛び出てしまってから、自分の発したものだと気付く。言ってからなんて下手な提案だと後悔してしまう。

「あ、いや、えっと」

もう少し上手く言い出したかった。すり合わせの一歩目はどうしてもどちらかが自分の意見を伝えなければいけない。けれど、ただぶつければ良いという訳でもない。

相手に届けるために言い方や口調を考えるのが大切なのであって……。

「私も──」

綾瀬さんが口にした言葉に一瞬、戸惑う。

「──同じなんだ」

「ええと？」

「いっしょにまわりたい。文化祭を」

「いいの？」

「いい」

小さくうなずく。

これは綾瀬さんにとっては大きな決断だったはずで。

思い出してしまうのは、綾瀬さんと亜季子さんが我が家に来てすぐのことだ。なるべく学校では他人のフリをしようと提案した俺に対して、彼女は「べつに私は全然平気だよ」と言った。それはつまり彼女が他人からどう思われようが気にしない、というスタンスであることを意味している。

ところがその一方で「変に噂になるのもアレだし当分は赤の他人ってことで通していきましょう」と言って朝さっさとひとりで家を出て行ったっけ。

つまりどう見られるかは気にしないが、噂を立てられることは嫌なわけだ。

矛盾している──ように見える。

けれど、今になって考えればわかる。綾瀬さんは俺のように他人に対して興味が薄いのではなく、ほんとうは他人から聞こえてくるささやき声に敏感なのだ。だからこその武装だし、友人として受け入れる人間を絞ってしまう。傷つくから。

「じゃあいっしょにまわろう。俺だって気持ちは同じだし」

「よかった、嬉しい」

綾瀬さんは、ふっと力を抜いて笑う。ピンと張っていた弦が弛められたみたいだ。それだけ緊張していたのだろう。

「どうせ、クラスメイトたちには義理の兄妹だってバレるんだし」

バレたあとでふたりで校内をまわって何かしらの噂が立ったとして、今さらである。

それよりも一日ゆっくり文化祭デートができるほうが……。

朝食を食べ終え、食器を片付けながら綾瀬さんがポツリと言う。

「楽しみだね」

「うん。楽しみだ」

たったそれだけのやりとりに、俺の心は不思議と満ち足りていた。待ち遠しい未来があることを好きな相手と確かめ合うというのは案外と悪くない。

午後の教室は浮ついていた。

受験生であるはずのクラスメイトたちの表情もいくらか柔らかい。それもそのはずで、今日の授業は午前でおしまい。午後いっぱいを使って、来月に迫った文化祭のための話し合いの時間が確保されていた。

接客班、衣装班、内装班、飲食班などなど、各担当ごとにそれぞれ机を囲む様子は非日常をわかりやすく示している。俺と綾瀬さんのいる接客班は男子8人女子7人の総勢15名ほどで、委員長が音頭を取っていた。

「さぁさぁ、当日のシフトだよ～、出来立てほやほやだよ～」

廻って来たプリントを受け取り自分の名前を探していく。浅村浅村浅む……見つけた、初日の土曜日の午前と午後。申請どおりだ。

あとは綾瀬さんが同じ日にいれば——

いた。

彼女の名前もシフト表の同じ日に刻まれている。

ほっとしたところで顔をあげると綾瀬さんと目が合う。向こうも同じことを考えていたのか小さく安堵の息をついていた。

委員長がまた別のプリントを配り始める。先ほどとはちがって文字がびっしりと書き込まれている。

「こっちは当日の段取りと接客マニュアルね。ちょーっと細かくなっちゃったかもしれないけど、まあ、みんなならア気っしょ？」

接客班の面々は特に気負うことなく軽い返事をする。甘く見ているわけではない。接客班は全員、アルバイトでの接客経験があるのだ。

「特に現役でバイトしてるメンツ――キミたちを頼りにしてるぞい」

委員長が隣の綾瀬さんにウインクを投げる。おどけた仕草に綾瀬さんはやれやれという息をついた。

「あんまり期待はしないで」

「またまた沙季センセ、ここはひとつ頼みますよ～」

「先生じゃないから。それに私はまだ一年ちょっとしか働いてないし。バイト歴がもっと長い人だって……」

綾瀬さんが言葉を濁したところで委員長の視線がぎゅるんとこちらを向く。

「ふむ。そういや浅村氏は備考欄に書店のバイトが三年目だと申告してましたな」

――なんで綾瀬さんは「センセ」で俺は「氏」なんだろう？

接客班の視線が俺に集まる。綾瀬さんだけが「しまった」という表情をしている。うん、今のは仕方ない。

「まぁ、そのくらいだね」

「ふむふむ。では、浅村様には全幅の信頼を置くとして」

――「氏」が「様」になったぞ。

「んじゃ、あとはお客さんの動線確認くらいか。っと、その前にぃ。おーい」

委員長が叫びながらちょちょいと手招きすると、教室の隅から女子生徒がひとりやってくる。佐藤(さとう)さんだ。みんなの頭上に疑問符が浮かぶ。彼女は接客班ではない。となると何か要件があるのだろうか。いったいそれは――

「み、皆さんを測りますっ！」

その手には採寸用のメジャーが握られている。一瞬、全員がきょとんとする。その反応に、今度は佐藤さんが困惑を浮かべる。

「えと、私は衣装班で、その、当日の衣装のための採寸をするって、委員長に聞かされて来たんですけど……」

全員の視線がつぃーっと委員長へ集まる。

「うむ。りょーちん、測っておしまいなさい」

どこぞのご老公のように泰然と言い放つ委員長。

女子から悲鳴があがる。

「うぉのれ委員長、謀ったな！」「い、今はいや！　お昼食べたばかりだし！」「せめて来週……ううん来月でいい！　それまでにはなんとかするから！」

泣き落としまで始めて委員長へと女子たちが詰め寄る。

委員長が人指し指と親指で眉間を揉んだ。

「あのねぇ。こーゆーのは日ごろの数値が大事なの。当日までにリバウンドしたら恥ずかしいのはどっちだと思う？」

「くっ、こんなときだけ正論を！」「この乙女心が目に入らぬか……！」

「ええと……委員長」

俺は見かねて口を挟む。

「採寸って、もしかして衣装を一から作ってるの？」

衣装班の仕事は衣装を作ることじゃなくて、借りてくることだったはずだが。

「一からなんて作れるわけないっしょ。できるだけフリーサイズにしようと思ってるけど、それにしたって最低限のサイズの把握はしておきたいわけ。クリップとかで丈を詰めるにしても必要だから」

「なる……ほど」

「そこで正論に負けないで、浅村くん！」

「そうそう。いいんちょーの独裁政治はんたーい！」

「ねえ、沙季。沙季もそう思うでしょ？　嫌でしょ？」

「まあでも、衣装の数少ないから、誰がどれを使うのかサイズ測って決めておかないといけないし」

綾瀬さんが冷静に指摘する。

「くっ！　この女まで正論を」

「沙季はモデル体型女だからわからないんだよう」

「どうせ、あたしたちは重力に負けた女……」

「負けたのは食欲にだけどね－」

ぎゃあぎゃあぎゃあ。

「男子の前で測れって言ってるわけじゃなし。さっさと更衣室に行って測ってきたほうが早いんじゃないかなぁ。それでいいんでしょ、委員長？」

「男子にスリーサイズをアピールしたいなら止めないよ？」

「それは私も嫌」

きっぱりと綾瀬さんが言った。

「あ、あの……」

佐藤さんがメジャーをいじりながらおずおずと口を開く。

「揃えたメイド服ってどれもすっごくかわいいからその……み、みんなだったら、ぜったいかわいくなるって思うから！　だいじょうぶだから！　な、な－んて！」

言ってから照れくさくなったのか、佐藤さんは採寸用のメジャーを盾のようにして「なんでもないです……」と小さくなった。

　キュンッ、と女子たちの心臓がときめく音が聞こえた気がする。

　あれほど嫌がってぎゃあぎゃあ言っていた女子たちが、次々と佐藤さんをハグして順々に頭を撫でていく。

「うんうん。りょーちんはかわいいねー」

「ねね、今から接客班にならない？　りょーちんだったら、お客さん、倍増するよ！」

「あ、うん。でも……わたし、小さくて合う服がないしその……みんなのお世話するだけでもいいかなって。みんながかわいくなるのすっごく嬉しいし」

　佐藤さんの周りにいた女子は眩暈を起こしたかのようにふらりと体を泳がせた。

「ああ……」

「尊いってこういう感情なのね……」

「わかった。更衣室へ行こ。みんなさっさと測って戻ってくるよ！」

　ぞろぞろと教室を出ていくみなの後ろについていく綾瀬さんがこっそりため息をついていた。

　それを遠巻きに眺める委員長がニヤリと笑ったように見えたのは気のせいだろう。

　気のせいだと思いたい。

　委員長が手を叩いて呼びかける。

「さー、女子どもが帰ってきたら次は男子なー」

「えっ。俺たちもりょーちんに測られるの!?」

「なわけあるかい！」

もっていた接客マニュアルを丸めて委員長が吉田の背中をぽかぽか叩いた。

「吉田ぁ、あんた、牧っちに言いつけるよ！」

「そ、それは勘弁」

両手を合わせて委員長を拝みだした吉田に残った男子組は吹き出してしまう。

午後の日差しはだいぶ傾いて、窓を通り抜けて教室の後ろの壁を茜色に照らしていた。

窓の外を見れば夏の空はもうそこにはなくて、イワシ雲がレースのカーテンのように西の空に広がっている。

教室の中の非日常の景色をどこか俯瞰しているかのように俺は見つめる。

共通の目的に向かって作業しているクラスメイトたち。時折あがる笑い声。黙々と壁に飾る紙の花を作っているやつもいれば、買い出しのときに受け取った領収書をまとめてノートへと貼っている会計係がいる。時々スマホをいじっているのは、アプリの電卓を叩いているのだろう。なんか唸っていた。

暗幕を抱えて廊下をどたばたと走っている生徒たち。それを叱る教師の声。どこからか聞こえてくる音楽は吹奏楽部かそれとも有志のバンドの練習か。

文化祭とは関係ないからと運動部の連中は今日も校庭を走っていた。掛け声が聞こえる。

スイセイ、ファイトォ！　と言っているように聞こえた。

「おーい、浅村。そろそろ行くぞー」

吉田の声に振り返る。どうやら男子の採寸の時間のようだ。

「ああ、悪い。……吉田がやるの？」

吉田の手には先ほどまで佐藤さんが持っていたメジャーが握られていた。

「おう。さあ、ちゃっちゃと済ませるぜ！」

「はいはい」

「『はい』は一度な。ってなんだよ、なに笑ってんだ」

「いやなんでもない」

ただ、昨年までの俺だったら、文化祭の準備にここまで付き合ってないだろうなって、そう思ったんだ。

どうやら俺はこのクラスで迎える最後の文化祭を随分と楽しみにしているらしかった。

放課後。俺と綾瀬さんは揃ってバイトに出勤した。

学校の制服から書店の制服に着替えて売場に出ていく。綾瀬さんと小園さんがレジ打ちにまわり、俺と読売先輩は雑誌の在庫の品出しをすることになった。

文化祭の準備という非日常的な営みのあとに、バイトという日常的な行為へとつま先の向きを変えるのはなんだか不思議な感じがした。腹の底が落ち着かないというか。まだ体の奥のほうに祭りの気分が残っている気がする。

女性向け雑誌を並べていると、ティーンズファッション誌の表紙の文字が目に入る。

『食欲の秋　食べ歩きデート特集！　新大久保（しんおおくぼ）VS原宿（はらじゅく）　スイーツ対決！』

へえ、食べ歩きデートか。

俺と綾瀬さんでは実現しなさそうな響きだった。歩きながら食べるくらいなら店に入る方が落ち着けていい、となるのが俺たちらしい気がする。

そもそも人目のある場所でいちゃつくというのは、どうにも性に合わない。家の外では恋人らしくを心がけているものの、自分が衆人環視の中で度が過ぎたスキンシップをしている姿を想像したら妙な恥ずかしさがこみあげてきてしまう。

しかし……と、考える。

親父（おやじ）は家族の共用空間であるリビングだろうがダイニングだろうがいちゃついてるし、夏に見たハチ公前のカップルは駅前の公共空間でベタベタとくっついていた。それを言ったらシンガポールのレストランでメリッサを見たとき、歌い終わったあとに恋人とキスしていた。

ああいったオープンな行いこそが恋人同士のスタンダードであり、恥に思うほうがズレているのかもしれなくて。

こういう感覚に果たして一般的な定義というのはあるのだろうか。

などと公共空間とプライベートについて深く考察しつつも、俺の手は平台への雑誌の補充を続けていた。昼の客が多かったのか、台の上の雑誌タワーはかなり低くなってしまっている。

ハイティーン向けのバイタリティ溢れる表紙から打って変わって、落ち着いた色味の表紙をしたアラサー女子向けの女性誌へと移る。いつもなら表紙の文字など目でいちいち追わないのだけれど、そのときはたまたま目に入った。

表紙の写真は、色味こそ落ち着いているものの中々に過激なショットだった。

ヌード、なのだろうか、一組の男女が肌を晒して抱き合っている。もちろん成人向けの雑誌ではないので決定的な部分は見えない。シーツなどで上手いこと隠されている。だが、それにしてもなかなか刺激的なスナップだ。

それからでかでかと書かれた文字。

『オトナ女子必見！　秋と性生活　スマートな誘い方・誘わせ方』

……えっ？

脳がフリーズし、情報を処理しはじめるまでに時間がかかり、それから内容を理解するのにも時間を要する。

脳に保存されていた今朝の夢の記憶——白いネグリジェに身を包んでいた綾瀬さんの姿

と結びついて、より表紙から目が離せなくなる。『スマートな誘い方・誘わせ方』って、なんだ。誘うだけでも俺には予想もつかないのに、誘わせ方って。いったいどんな謎技術だろう。

「後輩君、見すぎ見すぎ」

ハッとして振り向くと背後に読売先輩が立っていた。いつの間に。

えっと、そうだ。俺は今バイト中で、在庫の品出しの最中で、それで。

『秋と性生活』を持って突っ立っているのだった。

素早く平台に積み上げを再開するも時すでに遅し。

「後輩君。いちおう勤務中だよぅ」

「……俺、そんなに見てましたかね」

「見てたねえ。がっつりと。いま浅村くんは時間は一瞬だけど意識は銀河の彼方へれっつごーしてたねぇ。気になるなら買ってく？　恥ずかしいなら私が直々にレジ打ちしてあげるよ？」

読売先輩はすっかりおもちゃを見つけたいたずらっ子の顔だった。

不覚だ。一生の不覚かもしれない。まさかこの人の前で、よりによって下ネタが絡むところで弱みを握られてしまうとは。いやいや。別に俺は過激な表紙にギョッとしてしまっただけで他意は……ない、とも言い切れない。いまの俺には。

「先輩っ、それそろレジ打ちの交代をお願いしたいんですけどー」

「ああ、絵里奈ちゃん。うん。代わる代わる。でも、ちょっと後輩君が落ち着くまで待っててねー」

「あの……浅村先輩がどうかしたんですか？」

「どうかしてるというか。どうにかしたいというか。シタイ年頃なのだよ」

「？　なにがですか」

「ナニをしたいかは後輩君に訊いてみるといいよ」

「はあ？」

いやそれは勘弁してください。

「先輩……。だからですね。息をするように自然に下ネタにもっていくのをやめてくれませんか」

小園さんが「えっ、どういうことですか」と真顔で訊いてくる。

真面目な瞳で見つめられるとさらに恥ずかしくなってしまうので、小園さんもその期待に満ちた目はやめていただけると助かる。

それにしても俺も俺に驚いていた。いつものように下ネタを軽く流せなかった。原因はわかっている。今朝の夢を思い出してしまったからだ。女性誌の過激な表紙を見てしまったのもよくなかった。

せっかく日中は文化祭のことを考えていて、いかがわしい夢のことを忘れていたというのに、思い出させるような表紙をしているから……ってのは、言いがかりだけれど。でも、いちど夢の中の綾瀬さんの艶めかしい印象を思い返してしまうと、読売先輩のいつもの下ネタが、いつもよりグッと生々しく感じられてしまったのは真実なのだった。

「ふーむ。思春期の病だねぇ」

ちがうんです。これはちょうど今そういうネタに敏感なだけで。

「えと絵里奈ちゃん、あと5分待ってて、って沙季ちゃんに伝えておいて」

「はーい」

なんだか未練を残しつつも、とたたっとレジへと戻っていく小園さん。

「ま、とりあえずさっさと品出しを終わらせてレジ打ち交代しよっか」

「……はい」

いたたまれなさゆえか、作業は手早く終えることができた。レジに戻るとちょうどお客さんが居らず、戻っていた小園さんと、それから綾瀬さんに出迎えられる。

交代するとき、小園さんがなぜなぜモードに入りそうになるのを回避しようとした俺は、そういえば、と苦しまぎれに文化祭の話を振ってしまった。

一般参加もできるらしいので、興味があったら遊びにきてくださいと話した。その場に居た綾瀬さんも（俺の窮状など知らないから）話を合わせてくれた。

「へぇ、執事&メイド喫茶！　うわぁ、がんばったねえ」

「悠太先輩、私も行きたいです！」

「あ、……うん。いいけど」

さすがに後ろめたさもあって断れなかった。つまり……このふたりも来るのか。

「おっ。絵里奈ちゃん、ついに後輩君を名前呼びしたね」

言われてみればそうだった。

そこにすぐに気づくのが読売先輩だなと思いつつ、そういえばさっきレジ打ちの交代を告げにきたときは『浅村先輩』だったよなと思い出す。

「あたし気づいちゃったんですよね。後ろに『先輩』を付けていれば、あたしの意識の中で名前よりも先輩のほうに意識が引っ張られるんです。これで、ばっちりです。あたしと悠太先輩の距離は縮まりましたよ！」

どやっとした顔で言ったのだけど、どのみち先輩として意識しているのでは大して距離は縮まっていない気もする。

綾瀬さんが澄ました顔で「よかったねー」と言っていた。

もしかして入れ知恵したのって……。

読売先輩と並んで立ってレジ打ちをしてそのあとのシフトは終わったのだけど。

「なんか、戻ってきたとき顔、赤くなかった？」

終わり際に綾瀬さんに問われて誤魔化すのが、今日のバイトでもっとも難しいミッションだったことは間違いなかった。

すっかり暗くなってしまった帰り道を綾瀬さんと並んで歩いている。

手を繋ぎながらする会話は日常のあれこれやら些細な内容が多いのだけれど、今日はさすがに文化祭の話が多かった。

まさか両親だけでなく、読売先輩やら小園さんまで来ることになるとは。そして俺たちはどうやら訪れる彼らをもてなさないといけなくなりそうだ。

「メリッサも来れそうだって」

「ああ。スケジュール、だいじょうぶだったんだね」

綾瀬さんが招待したときは滞在期間内だから行けるかもとまでしかわからなかったようだが、他に予定は入らないと確定したらしかった。

出迎えなきゃいけない人が増えたな。これは文化祭のとき忙しいぞ、などと思っていると、スマホが着信を知らせる音を鳴らした。

ほぼ同時に綾瀬さんのスマホも音を立てる。

家族のグループLINEにメッセージが届いていた。親父からだ。

【今日は残業でかなり遅くなるから先にごはん食べて、鍵をしっかり閉めて寝ちゃって】

ええと、つまりこれって……。

綾瀬さんがスマホをかざしながら言う。

「太一お義父さんから」

「こっちもいま見たところ。このぶんだと帰りは夜中近くかな」

「だね」

「帰ったら、今日はふたりきりってことか」

「うん……」

あらためて気づいてしまった。

亜季子さんはバーテンダーの仕事でもう出勤していて、親父が残業で遅くなる。

もちろん、いままでだってこんなことはあった。それこそ昨年の今頃は親父の忙しさもピークで、しばしばふたりきりで夜を過ごしたものだ。だからこそ、親父もいつものようにメッセージひとつで済ませてしまっているわけで。

ただ、昨年とちがうのは――。

俺と綾瀬さんの関係だった。

そのあとの帰り道は、ふたりともがたぶん緊張していた。手を繋いでいるのに、互いにいちども目を合わせることなく玄関の扉を開け、最小限の会話だけで夕食を作る。

こんなときでも手は動く。キャベツを千切りにし、玉葱をスライスしてドレッシングを掛けている。綾瀬さんは残り物を具にして味噌汁を作る。ご飯は改めて炊くのも面倒だしと冷凍しておいたものを解凍して茶碗に盛った。

いただきますと手を合わせて、ふたり同時に箸をつける。

ふと視線をあげれば、綾瀬さんの背中越しに渋谷の夜の空が見えていた。低い雲が都会の明かりを反射して光っている。

窓に映る綾瀬さんの背中を見つめつつ、俺はそうっと爪先を机の下で滑らせようとして。その直前に、つん、と脚に何かがあたった。すねのあたりを軽く触るようなやわらかい感触。綾瀬さんの爪先があたっているのだと気づいた。

リズミカルにそのままつつかれる。

綾瀬さんは素知らぬ顔で箸でアジの開きをつついている。けれど、これは間違いなく、ふたりで決めたサインだった。

そしてサインに対して答えを返そうとしてようやく俺は気づく。なんてことだ。それまではそんな意図を込めてやってきたわけじゃない、キスやハグという行為。あれは単なる愛情の確認だけだった。でもいま、それをするのは、あれ——メリッサの言葉——を意識せずにはいられないのではないか、と。

俺はちらりと綾瀬さんを窺う。

何を考えているんだろう。けれど、ここに至っても綾瀬さんのポーカーフェイスは崩れない。黙々とアジの開きをつついている。

だからといって、ここで拒絶するべきではないというのは俺でもわかる。少なくとも俺だったらここで拒絶されたら傷つくだろうと思う。もちろんどちらかが誘ったら必ず応じなければならない、となってしまったらすり合わせも何もなくなるから、正当な理由なら断るのもありだろうけど。そもそも俺のほうもサインを送ろうとしていたわけで。

一瞬、迷い。俺はそのまま同じようにつつき返した。ほっと安堵の息をついたのは俺だったのか綾瀬さんだったのか、それともふたりともだったか。

この家にはいま俺と綾瀬さんしか居らず、そもそも誰にも知られないよう暗号を交わす必要性そのものがないのではないか——という正論は、メリッサのようには振る舞えない俺や綾瀬さんにとっては意味がない。

いや、もしかしたら慣れの問題なのかもしれないが。

ぼそっと、綾瀬さんが顔もあげずに言う。

「あとでいいから」

黙ったまま俺はうなずいた。

「お風呂上がりとかに。それまで勉強したいし」

俺もその提案には大いに賛成だったけれど、問題は今の俺の心理状況下でまともに勉強ができるのかということだった。とはいえ、俺としては——。

「わかった……」

と答えるしかない。

洗い物を済ませてからふたりとも自室に籠る。

なんといっても自分たちは受験生なのだ。本日の予定は数学になっている。教科書と問題集を開いて、さて、ほんとうに綾瀬さんとのことを忘れて集中できるだろうか……。

まあ、この問題集は二周目だし、過去に解けなかった問題だけに絞って挑戦しているわけだから、さほどの苦労はしないと——。

……アラームの音にはっと顔をあげる。

驚いた。最初の数分間こそもやもやとしていたものの、思い切って問題文を読み始めると、俺の脳は自動的に集中してしまっていた。こうも簡単に意識の外に追い出してしまえるなんて思わなかった。なんというか綾瀬さんに逆にすまないという気分になってしまう。

そういえば子どもの頃、親父（おやじ）に連れて行ってもらって図書館で本と出会ったときから、本に集中すると現実に戻ってこない子だったっけ。

いや逆か。ストレスの掛かるようなことが起きると、本の世界へと逃げ込むような性格だったのかもしれない。って、まずいぞこれ。そもそもストレスだとかネガティブに捉えている段階でメリッサのいう「幸せな行為」とは程遠いじゃないか。

……そろそろ風呂にするか。

考えても答えの出ない蟻地獄に嵌りそうだった俺はさっさと風呂を済ませることにした。

綾瀬さんに声を掛けてから風呂をいただいて、あがってからダイニングで麦茶を飲む。

風呂を出たよと声を掛けておいたから、入れ替わるように綾瀬さんが廊下を通って浴室へと向かうのが見えた。

壁に掛かった時計を見る。

もう夜の10時になっていた。まだ親父は帰ってこない。これはやはり帰宅は日付が変わったらになりそうだ。

部屋に戻って本を読む。最近は勉強のほうが忙しくて積ん読が増えてしまった。

『ソーシャル・データサイエンス入門』

厳めしいタイトルのぶ厚い本だ。著者は森茂道。つまり、工藤准教授といっしょに居たあの教授だった。バイト先の書店の棚を探してみたら置いてあった。ただ、入門と言いつつ中身はどうやら大学生向けらしくて内容は難しい。そのせいかどうか、目も滑りがちでふと気づくと、本から顔をあげてぼうっとしていたりする。なるほど、どんな場合でも本さえあれば意識を逸らせるというものでもない。俺も要するにふつうの……。

ノックの音がした。

「いい？」

綾瀬さんの声に俺はすこし声をうわずらせながら扉まで行って「いいよ」と声を掛けて

から出迎えた。

湯上がりの綾瀬さんがマグカップを両手に持って立っていた。

まだ寝巻にはなっておらず、Tシャツにホットパンツという普段の格好だ。両肩が出ているシャツだけれど、さすがに冷えないようにその上からしっかり灰色の薄いアウターを羽織っていた。長い髪は乾かしてきたのだろうけれど、まだすこししっとりとしている。

両手のカップを掲げながら綾瀬さんが言う。

「えっと。淹れてきたんだけど。飲む？」

マグカップには琥珀色の液体が揺れていた。

「紅茶？」

「うん。寝る前だし、ノンカフェインのやつにしてある。あの……よければ、だけどさ。ちょっと話もしたいなって思って……」

ありがとうと言ってカップを受け取ってから俺は目で部屋に入るよう促した。綾瀬さんを入れてから扉を閉める。彼女はそのままベッドのほうへと腰を下ろした。

「椅子を使ってくれてもいいのに」

「そっちは浅村くんのかなって。私はこっちでだいじょうぶ」

遠慮しているからなのだろうが、俺ばかり座り心地の良い椅子を使うのもばつが悪い。

そして、俺は綾瀬(あやせ)さんが「浅村(あさむら)くん」と呼んだことも聞き逃さなかった。

それはそうだろう。暗号で同意を取るのは、家の中でも恋人として振る舞いたいときもある、という気持ちを大事にする為(ため)の決め事なのだから。ここで悠太(ゆうた)兄さんと呼びながら綾瀬さんがハグしてきたら、それは兄と妹のロールをしつつ男女的な愛情を確認するという、なんだかいっそう危険なシチュエーションになってしまう。

「じゃ、俺もそっちで」

言いながら綾瀬さんの隣に腰を下ろした。

「で、話って？」

「うん。たいした話じゃないんだけどね」

言いながら、綾瀬さんは羽織っているアウターのポケットからスマホを取り出した。

「ライブで会ったデザイナーの人って覚えてる？」

「ああ。ええと、秋広(あきひろ)さん、だっけ？」

「そう秋広瑠佳(るか)さん」

覚えている。そう名前が「瑠璃色の佳人」だったから、脳内で「青い美人さん」と覚えて記憶してある。

「あのライブの日以降、インスタを眺めたり、作品の情報を漁(あさ)っているんだけど。調べてみたら、瑠佳さんの本業って、『空間デザイナー』って言うんだって」

空間……の、デザイン？　ってなんだ？

「うん。わかんないよね。私も最初はわからなかった。でも、そういう仕事があるみたい」

綾瀬さんの説明によれば、一定の空間そのものをデザインする——らしい。

「何をどこにどんな風に置くか、とか。それによってその空間に入った人をどんな気持ちにさせたいか、とか。リビングだったら落ち着けるように、職場だったらリラックスさせるだけじゃなくてだらけないでピリッとさせたいから、その為にはどんな色の内装にしたらいいか、どういう机の配置にしたらいいか。そういうのを考えるお仕事みたい」

「なる……ほど」

わかるようなわからないような。

「それだけじゃなくて、ロゴデザインや冊子のデザインとかも請け負っているらしいの。メリッサのライブでも、会場全体のデザインからパンフレットまでトータルで手掛けていたんだって」

聞いてるだけで大変そうだ。

「で、こっちがインスタなんだけど」

言いながらスマホを操作して「こういうやつ」と言いながら幾つか見せてくれた。

インスタの投稿写真は彼女が作ったパンフレットとはやや異なる方向性のアートだった。

「流体模様……フルイドアートってやつか」

マーブル柄と呼ばれる柄を多くの人が知っていると思う。マーブルというのはつまり大理石のことなんだけど。大理石には水性絵の具が水の中で溶けだしていったときのような、くねくねした模様を見ることができる。ああいう模様を、絵の具を溶いてわざと作り出し、台紙に定着させたものがフルイドアートだ。流体模様の中に細かい泡を発生させることもあって、だからセルアートとも呼ばれる。泡がたくさんあるせいで集合体恐怖症の人間はちょっと苦手だったりもする。

「浅村（あさむら）くんは知ってた？」

「美術にはそこまで詳しくないけどね。一般的な知識くらいだよ」

瑠佳（るか）さんのインスタには、フルイドアートだけでなく、身近な小物を組み合わせて作った立体アートの写真もあった。

俺には美術的センスはないものの、それを好きだという綾瀬（あやせ）さんの気持ちに寄り添いたくて、前向きに見てみて……そして、自分なりの言葉で、良いと思う部分を伝えた。

きれいだし、繊細。

それは間違いない。

服選びのときにも学んだことだけれど、この手の芸術方面の感想を綾瀬さんに聞かれたときには「正解」を探す必要はない。綾瀬さんは良い悪いを知りたいわけではないのだ。

だから俺は見たものを見えたとおりに語った。

フルイドアートはできあがるくねくねの線や泡を厳密に制御して作るわけではない。もしそうなら、絵の具を流したりせずに、そのまま描けばいいわけだから。その線やその泡がキャンパスのまさにその場所に留まっているのは偶然と必然のミックスだ。

それがアートに分類されるのは、できあがる模様を「美しい」と判断したところで模様を固定化する、という作業が入るからだった。

たとえば画面の左右を青と赤のぐねぐね模様で染められた作品があった。よく見ると、赤い模様のほうにだけ泡が入っている。そこにどんな意味があるかとかまではわからない。意味なんてないのかもしれないし。

ただ俺はこれで完成にしようと考えた秋広瑠佳さんの思考の流れに興味があった。

「たとえば、もっと青の部分を多くしようとか、その逆とかもできたと思うんだ。でも、秋広さんはここで良しとしたわけでしょ。左右で釣り合いが取れて見えるようにしてある。でも、泡のほうは左の赤い部分にしか入れなかった。意味があるのかないのかわからないけど、そうしようと決めた秋広さんの意識には興味があるね」

「なるほどね」

「なんだか画面の右の青い炎と左の赤い炎が戦っているようにも見えておもしろい」

「浅村くんにはこれが炎の模様に見えるんだね」

「ちょっと分析的すぎるかな」

見えるものを見えたままに、って意外と難しい。

「んー、私からすると確かに理屈っぽくは感じる。でも──」

すこし感想というより分析的になったかなと不安になっている俺に対しての言葉を探しているような間があった。

「私は浅村くんの意見を聞いておもしろいって思ったし。そうやって自分からどう見えたかを話してくれようとしてるってだけでも嬉しい」

「うんまあ」

そう言ってくれると助かる。

「浅村くんがほぼノータイムでそう思ったんだったら、それが浅村くんにとっての感想ってことにしようよ。で、ね」

こういうの、ちょっと興味でてきたんだ、と綾瀬さんが言った。

「作ってみたい？」

「ちょっとね」

インスタを見つめながら、そういえば、と綾瀬さんに問いかける。

「綾瀬さんって、インスタはやってないんだったっけ」

「うん。写真、嫌いだったし」

「あ、たしかに。そんなこと言ってたかも」

綾瀬さんが写真に撮られるのを嫌っていたことを思い出す。だからこそ、初顔合わせの前に子どもの頃の綾瀬さんの写真しか見せてもらえなかったわけで。

「でも、ほんとは写真というもの自体は嫌いじゃないんだ。写真に自分が写るのがイヤだっただけ」

ええと……。

「それって、どういう意味だか、訊いていい？」

綾瀬さんは黙ってうなずいた。それからぽつぽつと語り始める。

「ふるい……古い建物って、すごいって思う。私たちがやってるどんなことも、あんなに長く残らないでしょ」

「物質として、という意味ならそうかな」

これが俺のよくないところだな、と思いつつ、言うことを止められなかった。相手が語っているとき、つい別の見地からの意見を挟んでしまうのは、相手を混乱させるだけで益はないのだけど。

「えっ、どういうこと？」

ほらね。

「あー、ごめん。いや、建築物の話を否定してるわけじゃなくって、だから、俺は自分が本好きだからこう思ってしまうんだけど。本っていうか、記録は残ってるわけでしょ」

「あ、あー」

「メソポタミアの粘土板、エジプトのパピルス……。粘土板なんて紀元前3000年より前だって言われてるよね」

「そうだね。言われてみれば」

まあ、綾瀬さんのほうが歴史には詳しいわけで、蘊蓄としては今さらだが。

「5000年前かぁ。そうか、そうだよね。知ってたのに、そういうふうには考えたことなかったな」

「まあ、俺の話はともかく。確かに古い建築物は、建て直してない限りはそのまま残っているよね。ああ、ここに住んでいた人がいるんだって考えると、ちょっと不思議な気分になる」

綾瀬さんがうなずいた。

「で、ね。そういう建物を見ると、素晴らしいものが過去に確かにあって、私は、それが時間を止めて保存されているように感じるんだ」

長野の実家への旅行のとき。

綾瀬さんが、道沿いに建っている古い建物を見つけてはきらきらした目で追いかけていたのを覚えている。

「で、思ったんだけど。理屈だけなら、写真も同じはずでしょう?」

写真が良い場面を永遠に封じるという意味ならそうかな。

「でも、写真は嫌い？」

綾瀬さんはうなずいた。

「保存できるってことは、保存できてしまうっていうことでもあるでしょ。たとえそれが……醜く、嫌なものであったとしても」

つまり、綾瀬さんの絞り出すような言葉に俺ははっとなる。

綾瀬さんにとって、写真は。

「自分が保存されるのが嫌だった。とくに……浅村くんと出会う前の私は保存されたくなかった。あの頃の私が永遠に残って誰かの目に触れるくらいなら、私は写真なんていらない。そう思ってた」

「そんなこと……」

ないのに、と言おうとしたら――。

「ちょっと前にね、真綾に言われた」

「奈良坂さんに？」

「『前のままでも、あれはあれで好き』って、まあ、相変わらず恥ずかしいことを平気で言うよなぁとも思ったけど。でも、なんだかそれを聞いて肩の力がすとんと抜けた感じ」

無意識にあの突っ張っている自分は正しくないと、自分でわかっていたのだと思う……

と綾瀬（あやせ）さんは語った。だから写真に残したくなかった。でも、奈良坂（ならさか）さんの言葉を聞いてから、すこしだけその気持ちが変化した。

「否定、しなくてもいいのかなって。あの頃の自分」

「俺も出会った頃の綾瀬さんを見て格好いいなと思ってたよ」

奈良坂さんの意見に同意したつもりの言葉だったのだけれど、綾瀬さんは声を詰まらせて顔を赤らめた。

「は、恥ずかしい台詞（せりふ）、禁止」

「ふつうの感想だけど」

「真綾（まあや）みたいなこと言わないでよ……。だからその……写真に残すことにそこまで忌避感がなくなったっていうのかな。それもあって、瑠佳（るか）さんのインスタとか見ていて、こういうのも良いなって思うようになったっていうか……」

「写真が嫌いじゃなくなったわけだ」

「前よりはね。っと、それより、私の話だけなのもあれだし。浅村（あさむら）くんのことも聞かせて」

そう言って会話の主導権を渡されたのだが。

「俺の話って言われてもな」

毎日会っているとさして新しく語ることにも思い至らない。オープンキャンパスに行ったときの話はしてしまったし。

「でも、私はまだどうしてその、ええと、森教授？　の講座に興味をもったのかっていう、理由のほうは聞いてないよ？」

「言わなかったっけ？」

うなずかれて、俺はそもそものきっかけ——ソーシャル・データサイエンス学部を面白そうだと思った森教授との会話を思い出しながら語った。

綾瀬さんは俺の話をひととおり聞いてからぽつりとつぶやく。

「離婚を社会現象として捉えるっていう発想は確かに面白いかも。『大きな集団の背後に流れている社会を動かすルール』かぁ」

「そういうものがあれば、だけどね。でも、社会が変化していくのは確かだから」

俺の言葉に綾瀬さんがはっとする。

「変化するのは確か……って浅村くんは思ってるんだ」

「そうだね。むしろ変化しないものなんてないって思ってるかな」

「そしてそれは浅村くんにとってポジティブなことなんだね」

言われた意図が掴めずに俺は曖昧にうなずいた。

「だね。だって、変化すれば今までになかった新しいものが見られるわけだし」

「私は変化が怖かった。良いものはずっと残って欲しいって思ってたし、たぶん今も思ってる」

「だから、古い建物が残っていることを喜ぶわけか」

「そう、だと思う。ああいう歴史的建造物ってそのときの時代の人の感じた美しさとか、壮麗さとかを具現化しているでしょう。それがずっと残ってる。造らせた人も造った人も歴史の波の中に消えてしまったけれど、ああしてずっと長く長く残っている」

そう語る綾瀬(あやせ)さんはまるで夢の中にいるような表情を浮かべていた。

「幸せが永遠につづかないことを私は知ってる。だからこそ遺跡とか古い建物とかは良い物が時間の流れに対して氷漬けされているように感じて憧れてしまう」

俺はうなずいた。

「フルイドアートも同じってことか」

「えっ」

「あれって流れて変化していく絵の具の模様の中に現れた一瞬の美を固定化するアートだなって思ったんだ」

「……ほんとだ。だから……惹(ひ)かれたのかな」

「まあ、そればかりとは限らないけど。そういうことなのかなって、いま聞いてて思った」

「浅村(あさむら)くんは変化が怖くないんだね……」

俺は首を横に振った。それはちょっとちがう。

「俺だって怖いよ。親父(おやじ)と前の母さんだって昔は仲が良かったんだからさ。でも、幸せが永遠につづかないのだとしたら、不幸だって永遠じゃないってことになる」

「それは……理屈はそうだけど」

「本に出会う前の俺は地獄が永遠に続くような気分だったんだ。子どもにとっては一週間どころか一日だって長いし。親父とあのひとが帰宅してから夜まで喧嘩してたら、それは子どもから見たら永遠に等しいわけで」

「あー……お母さんは、だからそういうところを見せたくなかったのかなぁ」

「そうかもね。親父は、もともとそういうデリカシーはないタイプだったからね。亜季子さんに影響されて最近はましになったけど。だからわざわざ喧嘩のために外出したりせず、しょっちゅう居間でやりあってたなぁ。当時の俺には読書っていう趣味はなかったから、テレビくらいしか逃げる場所はなかったんだけどね。テレビは居間にあって、当然ながら親父もあのひともいる」

つまり、帰宅してからずっと俺は親父と前の母が言い争っている場面を見ていなくちゃいけないってことになる。もしくは勉強でもしているか。でも、当時の俺はさほど勉強が得意ではなかったから机に向かっている時間もまた苦痛だった。

「だから、本に出会って、そこに逃げ込めたのは俺にとっては救いだった。おかげで徐々に成績もあがったからついでに勉強も逃げ先になった。そして俺は本を通して世界が変わることを学んだ。良いことも悪いことも永遠につづきはしないと」

「そのことが浅村（あさむら）くんにとっては救いだったんだね」

「そう、だと思う。俺はだからそういう変化をもたらす原因とか状況とかに興味がある」

何があると変化は起こるのか。

それを知ることができれば起こる変化に対して予め（あらかじ）心を準備しておくことができる——なんて考えて志望学部を選んだわけではなかったが、結果的にそういうことが深層心理にあったのかなとも思う。

「私と浅村くんって境遇が似てるなって思ってたけど。それでもそこからどんな性格になったのかはけっこうちがうかも。私は良いものを永遠にしたいって思っていて、浅村くんは良いものが終わってもまたいつか来るって思ってる」

「そうかもね。だから、次の良いものが来るように、なにが原因で変化するのかを探ろうとしているのかもしれない」

随分と難しい話をしているように思えるが、言ってしまえば単純なことだ。

綾瀬（あやせ）さんは幸せが確かにそこにあった証拠が欲しいし、俺は幸せになれる法則を探している。それだけだ。

「随分ちがう気もする」

「まあ、そうでなきゃ困るよ。十人十色だから世の中おもしろいんだし。ただ、俺は俺がこういう性格なのはもう仕方ないと思ってるけど、目の前に自分が居たら嫌だろうなって思ってる」

「自分が嫌いってこと？」

「ある意味でそう、かな。だって、良いこともいつか終わるって斜に構えてるやつって、生意気で嫌じゃない？　丸とかよくまあ付き合ってくれてるなって思ってるよ」

自嘲気味につぶやいたら、隣に座っている綾瀬さんが持っていたマグカップをベッドの傍らのローテーブルにことりと置いた。それから首筋に手を掛けてくる。そっと抱きかかえられるようにして両腕を回される。

「そんなこと言わないで。丸くんは嫌だなんて思ってないから。だって、私だって……」

「綾瀬さん」

ちがうよ、と言われて、俺は自分の持っていたマグカップを同じように置いた。

それから言い直す。

「沙季」

「うん」

ゆっくりと腕を彼女の背中に回して引き寄せる。

ふたりの腰かけているシーツにぎゅっと寄った皺が、腰の位置が変わるたびに微妙に形を変える。まるでフルイドアートのようだなと思いながら目を閉じて唇を重ねた。

互いに抱きしめあっているとゆっくりと緊張の糸が解けていった。

もういちどキスをしてから抱きしめる。ずっとこのままでいたいという気持ちと、もうそれでは我慢できない自分がいる。すこし腕の力をゆるめて俺は彼女の耳許に口を寄せる。

「もう少し先に進んでも、いい？」

声に出すことに、勇気が必要だった。嫌われないだろうか、と思う。たとえ恋人同士であったとしても、同じタイミングで同じことを欲しているとは限らないのだ。それでも、どちらかが踏み出さない限り、それは永遠にわからない。

「だいじょうぶ……それは、私もだから」

甘い声を聞いたときには、俺は自分の腕に力が籠ることを避けるので必死だった。抱きしめている綾瀬さんの身体はやわらかく、力を込めると壊れてしまいそうで怖い。

風呂上がりの石鹸だかシャンプーだかの香りが髪から立ち昇り、先ほどから良い匂いがしている。ふとどこかで嗅いだようなと記憶をさぐると、ライブハウスで隣に座っていた綾瀬さんから香ったことを思い出した。互いの息遣いが聞こえてしまうほどの距離に互いの顔があって、俺たちの声は震えていた。

「触れても、いいですか」

「いい、ですよ。私も、いいですか」

「はい」

事務的っぽくもある言葉の掛け合いも、こういうことにまったく慣れてない俺たちらしいな、と頭の片隅で考えている。

　抱きしめながら俺たちは、ゆっくりと服の中に手を入れて素肌に触れる。

　触れた手の温かみと、触れられた箇所の温かみ。幸せだし、気持ちよくも、ある。

「ずっとこのままでいたいな」

　それが綾瀬さんの望みなのだ。永遠が。

「でも、浅村くんはそうならないことを知っている」

「ごめん」

「謝らないでいいってば。だって……その代わりにあなたはこう考えている」

　俺は彼女が言う前に口にする。

「君がそうしたいなら俺はいつだってこうして何度でも」

　彼女のやわらかい肌をゆっくりと撫でる。背中に回した腕が肩甲骨のあたりを這いまわり、吸いつくような感触を愛でる。引き寄せた身体からはやわらかい圧力を胸のあたりに感じている。

　彼女の手も俺の姿かたちを確かめるようにおずおずと、皮膚の表面をなぞるように動く。

　温かくて、気持ちよくて、触れられた場所から熱が伝わり全身へと拡がってそのまま溶けてしまいそうで。

「浅村くん」

今度は俺が「ちがうよ」とささやいた。

「ゆうた」

「さき」

全身の神経が針のように鋭く尖り、あらゆる情報を余さず得ようと集中し、だからこそ気づいた。がちゃり、と戸口で鍵の回る音が――。

はっとなって俺たちは動きを止める。

「ただいまぁ……」

時間に配慮してか返事を期待していないような親父の小声が聴こえ、慌てて体を離した。

時計を見ると、もう深夜0時を越えていた。

まだそれ以上は触れていない。ただ、素肌に触れ合うだけでも未知の体験だったし、心は満たされていた。惜しい、という気持ちがないではなかったが、状況が状況だけに俺は慌てて服を整え、扉を開けて玄関に向かう。

沙季が部屋に戻るまでの時間を稼がないと。

「お、お帰り！」

「ああ、まだ起きてたのか。いま帰ったよ」

お疲れ様と言いながら、夕食を食べるかどうか尋ねる。案の定、食べ終わっていると返された。

廊下の奥が見えないよう立ちふさがりつつ、俺は親父をまずは手を洗ってくれと洗面所へと押し込める。

「お茶、飲む？」

「ああ、お願いしたいかな」

「了解」

そう返しながら俺はそっと自分の部屋を覗くと、もう綾瀬さんの姿はなかった。皺の寄ったシーツも元通りにきれいに張り直されている。ふたりぶんのマグカップだけが部屋で何が起きたかの証拠として残っていた。

俺はカップをそのまま流しへと持っていって親父の為に湯を沸かしながら洗った。

永遠は終わったけれど。

これが俺たちの関係の新たな始まりでもあることを、俺はそのとき確かに感じていたのだった。

## ●10月9日（土曜日）浅村悠太

俺は更衣室で執事服に着替えていた。

男性ウェイター用の執事服はいわゆる燕尾服みたいなやつで、内側に着るシャツは学生服のままで良し、ということになっていた。ゆえに着替える時間は短くて済む。女子のほうはメイド服だから俺たちよりも手間取りそうだなとちらりと思う。

服を整えてから教室へと戻る。廊下を歩くのがやや恥ずかしかったけれど、よく見れば周りを闊歩する生徒たちも多かれ少なかれ妙な格好をしているので、執事服程度では目立ちはしなかった。ピンクのステッキをもってフリルのスカートを穿いたラグビー部部長とすれ違ったし。あれはどんな出し物なのか。うちの学校もだいぶフリーダムだな。

クラスへと戻ると、接客マニュアルの最終確認だった。

今日の午前に常駐するのは接客担当15人の中の7人だけだけど、シフトごとに説明するのも大変なので全員が集められている。

メイド服に着替えた綾瀬さんも俺といっしょに今まさに委員長の講義を受けていた。俺の真横でメイドな綾瀬さんが傾聴しているのだ。かわいい。とはいえ、さすがに綾瀬さんのメイド服姿をいま堪能するわけにはいかないので、できるだけ視線をそちらに振らないようにしつつ委員長の言葉に集中する。

「――以上。うちの文化祭は毎年トラブルとは縁がないけど万が一ってこともあるからさ、困ったらいつでも大声出しちゃっていいから。安全第一、我が身優先、先生たちも巡回してるし、頼っていいから！　これは高校行事であって、バイトじゃないんだからね」

委員長の言葉に黙って聞いていた俺たちもうなずく。

これが現実の接客業だと、そうは言っても困った客相手にもそれなりの礼儀を尽くして応対をしなくてはいけない。けれど、委員長の言うとおり、あくまでこの喫茶店は学校行事の一環なのであって、困った客を客として扱う必要はない。

うなずきつつも吉田（よしだ）が委員長に問いかける。

「水星（すいせい）高校の文化祭に来る人たちだろ。さすがにそこまで妙な客はいないんじゃ……」

「甘い！」

委員長が両の拳を腰に当てて仁王立ちになりながら言った。

「甘い、かぁ？」

「真紅（しんく）の美鈴（みすず）に蜂蜜をかけたくらいに甘い！」

「なんだそりゃ」

「あまおうでもいいよ！」

「わからんて」

どちらも糖度の高いイチゴの品種名である。

「うちのクラスはかわいい子が男子も女子も多いんだから、ふらっと魔が差して、不埒(ふらち)な行いに出る輩(やから)も発生するかもでしょ！」

「かわいいからってほいほい手をだすようなのがうちの文化祭に来るかぁ？」

「お祭りの雰囲気に流されるやつはいる！」

「えー？」

「ま、まあまあ、落ち着けってふたりとも。そろそろ開場時間だし」

ふたりの間に割って入った俺は、教室にかかる時計を指さしながらそう促した。

まあ、委員長もクラスメイトたちを守りたいからこその物言いだろう。吉田(よしだ)だってわかっているとは思うけど。

「お店、開きますよー」

りょーちん——佐藤(さとう)さんの声がバックヤードにいた俺たちのほうにも届いた。

にしても……。雰囲気に流されて不埒な行い、か。

いやちがう。先日のあれはちがう。って、ここでなんで二週間も前の夜のことを思い出してしまうのか。けれどあの夜以降は、俺たちはああいう行為に至るような雰囲気にはならなかった。いや受験生としては、勉学に集中できているのだから悪いことでは——。

「浅村(あさむら)くん」

「！」

綾瀬さんに声を掛けられ、心臓が口から飛び出すくらいにびっくりした。

「な、なに？」

「ほら。お客さんが入ってくるから待機してないと」

「あ、ああ。ごめん」

慌てて俺は綾瀬さんとともにバックヤードの袖へと移動する。

俺たちにとって高校最後の文化祭が始まった。


教室を前後に垂れ幕で区切り、後ろ半分をバックヤードにしている。もちろん机や椅子もさらに後ろのほうに積み重ねてある。

さあ、営業開始だ。

垂れ幕の袖に並んで立って、俺と綾瀬さんは教室に入ってくる客を見つめていた。

シフトに入っている7人のうち、5人が今入ってきた客の注文を取りに出たから、新しいお客が入ってきたら次は俺たちの出番だ。

ちらりと傍らにいる綾瀬さんを見ると、彼女のほうもちょうど俺のほうへと顔を向けたところだった。

「なに？」

「あ、いや……」

袖のところで待機しているのは俺たちだけで他に誰もいない。

なので声を抑えて言う。

「似合ってる」

ちなみに店のメイド服は統一されていない。ひとつの店で制服が統一されていないなどということは現実の喫茶店ではありえないと思うけれど、なにしろあちこちからかき集めてきて手直ししただけのメイド服・執事服だ。それっぽいのを揃えるだけで手一杯だった。

まあ、高校の文化祭ならこんなものだろう。

「ありがと。あんまりフリフリなのは趣味じゃないんだけどね」

スカートの裾のあたりをちょっと持ち上げつつそんなことを言う。

「浅村くんもカッコいい」

返す言葉で執事姿を褒められてしまった。

それはそうだろう。誰が着てもそれなりに格好がつくのがこの手のユニフォームというものなのだし。そう思ったが、そんな返しをすると、メイド服もユニフォームじゃんと返されそうだから控えておく。それでは褒めた意味がなくなるし、実際によく似合ってると俺は思うのだから。

「ありがとう」

とだけ返しておく。

袖から喫茶スペースのほうを覗く。まだあまり客の数は多くない。教室の半分を区切った空間は中央にゲーム台を置いて周りを飲食スペースにしてあった。

どのテーブルでもゲームができるようにしてしまうと回転率が悪すぎる。だからゲーム台でのゲームを、ショーのように飲食しながら観れるようにしたのだ。

ちなみに、文化祭の出し物は現金払いではなく、学校の入口で買えるチケットで行うことになっている。チケットが文化祭だけで使えるお札のようなものだと思ってもらえればいいかな。

出し物の為に事前に必要な経費は生徒の持ち出しであって、生徒の持ち出し分は領収書と引き換えに学校側に払われたチケット代からある程度の戻しがあることになっていた。

こうすれば生徒たちは限度内までしか費用を掛けられないし、過度の利益を得ることもないわけだ。

カジノも、あくまで引換券で遊べるミニゲームであって、お客さんへのキャッシュバック等はもちろんない。だから気軽に遊べるはずなのだが、周りから観られている、と思うと、さすがに挑戦する人数は多くはなかった。そこも計算の内である。ゲーム台が混雑しすぎると客が店に滞留しすぎる。

……と、主張して動線を切り分けて、客の入れ替えが混雑によって混乱しないように提案したのは俺だったりする。入れ知恵してくれたのはもちろん読売先輩だ。

「沙季、浅村くん、お願い」

おっと呼ばれたようだ。

綾瀬さんは入ってきた高校生らしきカップルをテーブルへと案内し、俺は、その後ろの親子連れの担当になった。小学生くらいの男子とそのお母さん、だろうか。

「いらっしゃ――」

おっとちがう。

「お帰りなさいませ、奥様、ぼっちゃま」

男の子が不思議そうな顔で俺を見る。しまった、小学生にはまだ執事とご主人様プレイは早すぎたか？

「はい、ありがとう。ほら、お兄ちゃんが案内してくれるって。お腹空いたんでしょ？」

「うん！」

母親のほうは動じていなかった。もしや、経験者ですか。

席に着いたのを見計らって、メニューを渡す。と言っても、高校の文化祭で出せる飲食物なんて限られていた。火を使わないで済むものだけ。それでも子どもにとっては縁日の出店みたいなものでわくわくするのだろう。

「メニューはこちらになっております。また、引換券をご使用になりますと、あちらの卓でゲームをすることもできますよ」

簡単に説明してからメニューを受ける。手元のタブレットに入力を済ませると（授業でも使っている学校の備品だ。これでクラウド経由で調理班に注文が伝わるようになっていた）、一礼してからバックヤードへと引っ込んだ。ほぼ同時に綾瀬さんも戻ってくる。

「ふたりとも、戻ってきてすぐで悪いんだけど、これ、運んで！　浅村くんのは3番、綾瀬さんに渡したやつは2番のテーブルね！」

「了解」

「うん」

俺の受け取ったトレイにはバナナクレープと紙コップに入ったコーラが2組載せてあった。3番というと、扉に近いほうのテーブルだ。

トレイを載せたままバックヤードを出て、3番テーブルに向かう。他校の生徒らしき女子ふたりが向かいあって座っていた。

「お待たせしました、お嬢さま方。こちらバナナクレープとコーラになります」

ふたりの前にそれぞれの皿を置いてから恭しく頭を下げる。

「きゃー」

「お嬢さまだって！」

「あ、あの。お姿、写真撮ってもいいですか？　あの、ネットとかにアップしたりしませんから！」

えぇと……。そう、こういうときは接客マニュアルへの6番だったな。

「申し訳ございません。当店では従業員の写真撮影はお断りさせていただくことになっております」

「そーですか……残念。あの、ありがとうございました」

「いえいえ。ごゆっくりお召し上がりくださいませ」

一礼してからテーブルを離れたけれど、さすがにびっくりした。執事姿って、そんなに珍しいのかな。珍しいか。ってことは、珍獣を見た感じなのかな。

冷や汗をぬぐいつつ、袖で次の出番を待つ。

綾瀬(あやせ)さんも戻ってきて、ふたたびふたりで入り口のあたりを覗(のぞ)きつつ待機することに。

「やー、ふたりとも接客上手だねぇ」

袖口までやってきた委員長からそんなことを言われた。

「そう、かな」

「接客班を作るときにバイト経験アリを優先したとはいえ、ふたりはその中でも上手だよ、ほら」

言いながら、袖からこそっと店の中を指さした。

吉田(よしだ)がOLらしきスーツ美人のお姉さんにナンパされそうになっていた。

「しゃーないな、もう」

委員長が吉田を救出に出ていく。委員長もなぜかメイド服を着ていて腕に『メイド長』の腕章を付けている。アンダーリムの眼鏡を光らせて、さぼっているウェイター（という設定にしたのだろうな）の耳を引っ張って連れ帰ってきた。

店内から見えなくなると、さっそく吉田に向かって小言を言う。

「吉田ぁ。だから、もうちょい上手くさばきなって」

「ってもなぁ」

「言ってるよねぇ、牧っちに言いつけるって。なぁに、年上にでれでれと鼻の下ぁ伸ばしてんのよ。ああん？」

「うぇ。おっかねえ」

メイド長な委員長がアンダーリムの眼鏡の端をくいっともちあげて言うと似合いすぎる。吉田がビビるのも無理はない。年齢以上の威厳と風格を感じてしまう。

「あ、きた」

綾瀬さんの声に振り返る。

袖から入り口を見ると、ちょうど読売先輩と小園さんが入ってくるところだった。

「委員長。あのひとたち私の知り合いなんで、私が出てもいい？」

「んー？」

吉田の頭に接客マニュアルをぐりぐりと押しつけていた委員長が振り返る。険のある目つきがやわらいで弓なりに曲がる。

「もちろん。行っておいでー」

「ありがとう」

袖から出て行った綾瀬さんが読売先輩と小園さんを迎えに行く。

「では、配ります」

内心で、どうしてこうなった、と頭を抱えつつ俺は中央テーブルの端に立って切り終えたカードを参加者に配る。

俺たちのクラスの出し物『メイド&執事喫茶カジノ』は、名前の通り、喫茶だけではなくカジノも開いている。

もっとも、カジノと言ってはいるけれど、遊べるゲームは限られていて、ほぼポーカーになる。ポーカーの役ならば多くの人がなんとなく知っているからだ。もちろん知らない人のために役を書いた説明書も用意してある。

ゲームの進行役は接客班の空いている生徒が担当することになっていた。

ところが店を開けてみると思ってもみない事態になった。準備しておいたもののカジノで遊んでくれる客が思った以上に少なかったのだ。やはり中央に一卓しかないと、遠慮してしまうものだし、注目を浴びそうで敬遠してしまうというのがある。あまり混み過ぎてもと、ゲーム卓をひとつに絞ったのが裏目に出た形だった。

「ふむむ。遠慮しないお客がほしいねぇ」

委員長がそう言うから、「誰か知り合いにサクラを頼んだらどうですか」と提案した。

実際に楽しそうに遊んでいるところを見せれば、参加したいと思う人も増えるはずだと思ったからなのだけど。

委員長が指をいい音で鳴らしてから「そのアイデア、もらった」と言って。

「よし。浅村、頼んだよ」

「えっ？」

げに口は災いのもと。

何を言われたのか把握できていない内に、委員長はさっと店内のほうへと入ると、よりにもよって綾瀬さんが接客しているテーブルに近づいていった。つまり、読売先輩と小園さんが座っているテーブルだ。

そこで言葉巧みに誘ってカジノに参加を促した。

かくして進行役として俺が呼ばれ、綾瀬さんまで人数合わせでポーカーへの参加を命じられてしまった。

「にしてもその格好、似合うねぇ、後輩君」

「写真、ダメなんですよ……ね。あ、あとで裏でこっそりとかダメですか、悠太先輩！」

「なんで私が……こんなことに」

三者三様の反応をしているメンツを横目に窺いつつ読売先輩から順にカードを配る。

ポーカーのルールは「テキサス・ホールデム」。

カジノで遊ばれているルールなのだそうだが、慣れるまでちょっと戸惑う。簡単に説明すると、こういう感じだ。

まず、プレイヤー全員に2枚ずつカードを配る。

自分に配られたこの2枚だけは自分で見ることができる（他人には見せない）。

この手持ちの2枚と中央に並べられる5枚の表向きのカードを組み合わせて役を作るのが「テキサス・ホールデム」という遊び方だった。

そのゲームに勝てると思えば賭け金（ゲーム用のチップ）を払って参加する。負けそうだなと思ったらゲームから降りる（降りるまでに賭けていたチップは徴収される）。

基本はそれだけなのだが、中央に表向きで出されるカードは、最初は3枚。そこから1枚ずつ増えて5枚にする。その度にゲームに乗るか降りるかの判断を迫られるというところに駆け引きが発生して、そこが面白さに繋がっている。

「まずは配られた2枚だけでゲームに参加するかどうかを決めます。手札が悪ければ今回のゲームに参加せずに降りてもＯＫです。ただ、ディーラー・ボタンを持っている人の隣と、その隣の人はすでに強制的にチップを払わされていますので、そのチップはたとえ降りても徴収されてしまいますからご注意を」

3人ともルールは知っているということだったけれど、俺は軽く説明を加えつつゲームの進行を司る。なぜ説明を省かないかといえば、もちろんこのゲームが周りの客たちに対するデモンストレーションでもあるからだった。

「では、始めましょう」

配られた手札を見終わった3人は全員が自信満々な顔つきでなかなかのポーカーフェイスだ。そして始めてすぐにわかったのだが全員なんか強い。

綾瀬さんはあまり賭け事を好むタイプには見えないのだけれど、乗るときと降りるときの判断が的確で大きく勝てないものの大負けもしない。小園さんはもっぱらブラフ頼みで常に勝ち気だった。読売先輩は妙に運がいい――ように見えた。もしかしたら、運ではなくて計算の結果なのかもしれないけれど。「強い」と思われるよりも「運がいい」と思われることを好みそうに見えた。

ディーラー・ボタンが一周し、最後のゲームになった。

早々に綾瀬さんは降りてしまい、読売先輩と小園さんの一騎打ちになっている。場に積んだチップは2000。これを手に入れたほうが勝ちと言っていいだろう。

「では、5枚目を開きますよ」

場のカードの5枚目はハートのAだった。Aは、数字としては最上位のカードだ。同じ役であればAのある役のほうが強い。もし自分の役をこれで作れるならば勝ちの確率は上がるだろう。さて――どうする？

「レイズ（上乗せ）です」

小園さんがチップを釣りあげる。なかなかの強気だ。もちろんブラフかもしれないけれど、もしかしたら最後に出たAで良い役ができた可能性はある。

読売先輩はゲームをつづけるなら、最低でも同額にしなければいけないところだが……。コールなら同額、レイズなら最低でも倍の額が必要になる。

「レイズ」

淡々と読売先輩は賭け額を釣りあげた。

「ぐぬぬ」

「どうする？」

降りれば当然ながら読売先輩の勝ちが確定する。

「これはあれですよ。ハッタリです。まちがいない」

「ほほう。その心は？」

読売先輩がにやりと笑みを浮かべる。

「だって、さっきまでちまちましか釣り上げなかったじゃないですか。てことはそれまで大した役じゃなかったってことですよねー」

「おー、覚えてたか。えらいえらい」

「たしかにハートのAが来たからもっと良い役ができた、という可能性もなくはないですが……。それはさすがに考えづらい。そこまで運がいいとは……」

「では、お嬢さま。どうなさいますか？」

忘れてた申し訳程度の執事プレイを再現しつつ俺は場の進行を促した。

「コール！」

「では、ショーダウン」

それぞれの札を順番に開ける。先に開いた読売先輩の札を見て、小園さんが顎が落ちそうなくらいに口を開け、呆然となる。

「Aが2枚……。じゃあ、場にあるAを足すと」

「スリーカードだね。小園さんは？」

「キングとクイーンのツーペア、です……」

おっと。なるほど強気になるのもわかる。なかなか良い役だった。だがさすがに2ペアでは3カードには勝てない。

「勝者、読売先輩！」

周りの客たちからも歓声があがった。

「うぅ～、読売先輩、引き強すぎですよ～」

「ま、後輩くんを味方に付けてるからね」

こそっとそんなことを読売先輩が小園さんに耳打ちする。

ぱっと小園さんが俺に視線を向ける。

「ええ!? 本当ですか悠太先輩!」

「してないから。信じないで」

結果は、場のチップを掻っさらった読売先輩の勝ち。2位は自分のチップを減らさずに冷静に降りて確保した綾瀬さん。最後の勝負に負けた小園さんが3位になった。

観客席からあらためて拍手が起こった。

「ま、運も実力のうちってね」

読売先輩がそう言ってからからと笑う。

Aのスリーカードを掲げたポーズでスマホで自撮りしようとしたら委員長がやってきた。

「お撮りしますよ。はい、お客さま同士もうちょっと寄ってください」

読売先輩がぐいっと小園さんの腕を引いた。

スマホを受け取った委員長が、勝利のカードを掲げる読売先輩とむすっとした顔のままの小園さんを写した。

委員長は、スマホを返しつつ、読売先輩に向かって拍手し、それから店内の客に向かって呼びかける。

「さあ、次の挑戦者の方はいませんか？　今ならテーブルが開いてますよ！」

興味津々で見守っていた店内のグループからおそるおそる手があがる。委員長が素早く寄って行ってカジノ参加の為の整理券を配る。その整理券があれば書かれた時間に来れば遊ぶことができるようになっている。時間待ちのために店内に長居されない為の工夫だった。このあたりの手際の良さはさすがに委員長だ。

「はい。カード。楽しかったよ、後輩君」

掲げていたハートのAを含む3枚を俺に返しつつ読売先輩が微笑む。

「ありがとうございます。さすがですね」

「運がいいのだよ、わたしは」

「そう……ですね」

「ん？　なにか問題でも。言っておくけど、イカサマはしてないよぅ」

「それはまあ疑ってないですけど」

読売先輩と小園さんを出口まで送りながらちょっとだけ気になっていたことを訊ねる。

「なにかなー？」

「最後のゲーム。最初の手札2枚がAだったわけですよね」

「ほい。そうだね」

「ワンペアとはいえ、ワンペアとしては最強ですよね。それなのに、途中でそこまで派手にレイズしなかったのはわざとですか?」

そう訊ねたら、読売先輩が一瞬だけ目を瞠った。

「あー。うんまあ、そう。だって、最後のゲームだからねぇ。そのままだと沙季ちゃんのチップを抜けなくてさ。でも、彼女は慎重派だから大きな勝負には乗ってこないから」

そこでちらっと小園さんのほうを見る。

「勝とうと思ったら、絵里奈ちゃんに乗ってもらわないといけなかったんだ」

「うえ?あ……じゃあ、あたしに降りないでコールさせる為に自分の手を弱めに見せてたってことですか……」

「まあ、そう。ごめんねー」

両手を合わせて拝むポーズをとる。

「や、やられた……」

「あはは。でも最後にAが来なければ負けてたわけだしさ。それまでワンペアだったんだから。まあ少ない機会をモノにするセンスがあるのだよ、わたしは」

朗らかに笑って言う読売先輩。

だが、その後ろにぽつりとつぶやくような言葉を付け足した。

「——なんて、いちばん大事な機会は思いっきり逸するような人間でもあるのだけど」

切なそうな、真面目な雰囲気を感じたけれど、それはほんの一瞬だけですぐに消えた。

「うう。悔しい……」

「絵里奈ちゃんには、このあとなんか奢ってあげるから、許してちょーだい」

「まあ、勝負は勝負です。いさぎよく今回は負けておきます。奢ってもらいますけど」

俺は苦笑いを浮かべつつ、ぎゃあぎゃあ言い合いながら廊下を去っていくふたりを見送ったのだった。

まあ、やっぱり運だけじゃないよな、あのひと……。


その後も給仕をし、たまにゲーム台の進行役をやっているうちにあっという間に昼近くなってしまった。

そろそろ休憩を順番に取る時間、というタイミングでメリッサが顔を見せる。傍らには秋広瑠佳さんもいる。ほんとに仲が良いんだな、このふたりは。注文を取りに綾瀬さんがテーブルへ。俺はその様子を袖から見ていた。

「いらっしゃいませ」

メイド服の綾瀬さんが笑みを浮かべつつ挨拶をすると、メリッサが「ワオ」と口を丸く開けた。

「かわいいよ、サキ！」

「ありがとうございます」

注文を受けると、いちどバックヤードに戻ってきた綾瀬さんが緊張した顔を弛めながら言う。

「はー。ちょっと照れくさい」

まあ、コスプレ姿を見せるには微妙な距離感の知り合いだからなぁ。

ふたりの注文はシンプルに珈琲で、給仕は俺が担当した。

廊下側に座った瑠佳さんが忙しく行きかう学生たちを見つめている。

呼び込み合戦が白熱していて、どのクラスも自分たちの出し物を見てもらおうと必死だった。

「いいね、青さと熱さ。あたしらが忘れちまったものが、ここには充満してる」

「アツサってパッションのこと。なら、今もあるっしょ?」

「アンタはね……」

「ルカばーちゃん、枯れすぎっ」

「あのな。誰がばーちゃんだよ、誰が。あたしゃ、歳相応のつもりなんだけどねぇ。なぁんでその歳まで火の玉ガールやってるかな、この子……」

そんなことを言いながら珈琲をふたりともブラックで飲んでいた。うんまあ、俺から見ればふたりとも充分大人だと思いますが。

さりげなく観察していると、どうやら瑠佳さんのほうは、メリッサほどには自由奔放に生きているわけではなさそうだと感じた。瑠佳さんの仕事場、活躍の舞台は日本であって、それなりに日本社会の慣習に適応しなければならないのだろう。

「お嬢さまたちはゲームのほうは如何いたしますか？」

配膳を終えて追加の注文がないことを確認してから俺はいちおう尋ねてみた。

ちょうどいままさに中央のゲーム卓が空いたところだ。

「遊んでいいの？」

「今なら待ち時間ゼロです」

「アタシ、遊んでいきたい！　ルカもやろ！」

「はあん？　ゲームってなにやるん？」

「『テキサス・ホールデム』です。ご存じですか？」

もちろん、とメリッサがうなずいた。そういえばシンガポールってカジノがあるんだよな。

瑠佳さんのほうは知らないらしかったが、ポーカーの役は覚えているとのこと。

進行役は吉田に任せ、他に友人同士で来ていた他校の高校生四人を交えての計六人での勝負になった。

『テキサス・ホールデム』はふたり以上、10人までで行うことが一般的なのだそうだけど、ゲーム台はそこまで広く取れなかったから、６人は限度いっぱいである。俺と綾瀬さんは店内の接客をしつつ、委員長の許可を取った上でふたりのお世話をすることができた。

ゲームの勝敗は瑠佳さんが1位、メリッサが6位で終わった。

シンガポールのカジノで実践経験があると言い張ったメリッサだったが、大博打を仕掛けては自爆しまくって負けまくり。チップをゼロにしての投了である。瑠佳さんにあきれられていた。まあ、さすがに役がなくても自分の前にレイズしたやつがいれば必ず張り合ってレイズする、なんてやり方では勝てる勝負も勝てない。もしかしたら場を盛り上げようというエンタメ精神の為せる技だったのかもしれないが。

瑠佳さんのほうが場の流れを読み、冷静にチップを管理していたゆえの勝利である。

それでも充分堪能できたようで、メリッサは去り際に何度も綾瀬さんに楽しかったよと繰り返していた。

廊下を去っていくふたりを見送っていると、背中から聞きなれた声が掛けられる。

振り返らずともわかる。親父と亜季子さんだ。

「お邪魔していいかしら？」

亜季子さんに言われて俺は入り口の受付係——線の細い小柄な男子——児玉に問いかける。児玉は優しげな笑顔を貼り付けたまま、手元の管理用タブレットをチェックしてくれて「うん。今ならテーブル空いてるよ」と答えた。

「空いてるみたい。どうぞ。ええと……いらっしゃいませ」

俺の言葉を後ろで聞いていた児玉が「身内だからって照れちゃだめだよー」と突っ込んできた。うぐ。いや、しかし。親父相手ならまだ洒落で済むが、亜季子さんは本職の……ええいしかたないか。

「お、お帰りなさいませ、旦那さま、奥さま」

「へぇ。そういう設定なんだね」

順応早いな、親父。

「おもしろいのね」

忘れてください。

俺はふたりを空いている窓際の席へと案内する。すると袖口から見えていたのだろう、綾瀬さんがメニューを抱えて素早くやってきた。

テーブル脇に立つと、抱えていたメニュー（プリントアウトした紙をプラスチックホルダーで挟んだだけのものだ）を差し出しつつ澄ました顔で言う。

「お帰りなさいませ、旦那さま、奥さま。本日は、こちらがシェフの用意できるコースとなっております」

見事に表情を消して澄ました顔で立っている。すごい。俺は立ち去るタイミングがつかめずにそのやりとりを傍らで背筋を伸ばして黙って聞いていた。

亜季子さんが綾瀬さんのメイド姿に上から下まで視線を往復させる。それから俺のほうへと顔を向けると、同じように観察して——そこまで見つめられると、背中に妙な汗が出てくる。

「ふたりとも……」

何か応対を間違えただろうか。

「立派にできてるじゃない。うちのお店に欲しいわ～」

「それは言いすぎ」

綾瀬(あやせ)さんがついツッコミを入れてしまった。綾瀬さんは亜季子(あきこ)さんがプロのバーテンダーであることを誇りに思っているのだ。飲食業の接客の仕事が誰にでもできるわけじゃないって信じているから、自分に母親のようなことができるとは思っていないのだろう。

親父(おやじ)たちも珈琲(コーヒー)の注文だった。

ただし、親父はたっぷりミルクを入れていた。

「最近、ちょっと胃が荒れ気味でね……」

お疲れ様です。

「そういえば太一(たいち)さん。悠太(ゆうた)くんって背広持ってるかしら？」

俺のほうを見ながら亜季子さんがそんなことを言った。燕尾服(えんびふく)からの連想だろうか。

「ああ、フォーマルな服ってことかい？　うーん。どうだったっけ？」

俺のほうを見て言われてもな。俺は今は執事である。しかたなく俺は首を横に振った。

冠婚葬祭は学生服があるのでそれで済ませているし。

「ない……みたいだね」

「買っておいたほうがいいかしらね」

「そうだねえ」

「えっ、なんで？」

つい訊ねてしまった。

「大学の入学式で着るだろう？」

あー、そうか。さすがに高校の学生服を着ていくわけにはいかないか。それもこれも、受かってからのことだから、入学式のことなんて意図的に考えないようにしていたが。

「今度、買いに行きましょうね。それとも沙季と行く？」

「そのあたりは帰ってからまた話そう。あまり長居をしても迷惑だしね」

亜季子さんもうなずいてふたり仲良く帰って行った。

ふたりを見送ってから暗幕で仕切られたバックヤードに戻ってみると、思った通り綾瀬さんが委員長と佐藤さんに囲まれていた。

「ね、ね、ね。今のがこのまえ言ってた、沙季っちょのママと新しいパパ!?」

委員長、ほんとに綾瀬さんの名前を呼ぶとき毎回言い回し変わるなぁ。

「すっごくすっごく美人さんでした」

と、これは佐藤さん。

すごい勢いで食いつかれてすこし困った顔をしていた綾瀬さんが、戻ってきた俺に気づいて顔をあげた。俺はうなずきを返す。綾瀬さんがすこしほっとした顔になる。

「うん……そう」

「わあ！」

佐藤さんがうらやましそうな顔になる。

「いいなぁ。あんなにきれいな人がお母さんなんだぁ」

「ふつうだと思うけど」

「それはつまり綾瀬家の血のふつうってことだねぇ。じゃ、あのお母さんも、高校のときは沙季っぺみたいだったのかい？」

委員長が妙なことを言いだして、綾瀬さんが意表を突かれて「ほへ？」と変な声を口から出していた。

「私みたいなって？」

「だからぁ、お母さんの高校時代って沙季ちゃんっぽかったの？」

「……聞いたことない」

「でも、きっとそうですよ。すっごくきれいだったと思います」

「うーん」

顔をしかめて一所懸命に想像しているようだが、さすがの綾瀬さんも母親の高校時代の姿を思い描くことは難しいらしい。まあ、身内の過去なんてそんなもんだ。そういえば、綾瀬さんの音楽の趣味は母親から影響を受けていると言っていた。90年代のＪ－ＰＯＰだったっけ。その時代の女子高生か。

「今から20年ちょっとくらい前だよね。沙季のお母さんのＪＫ時代って」

首を捻りながら俺のほうを見られても困る。そんな平成初期の風俗史まで俺は知らない。

俺が知ってることと言えば……。

「確か、ルーズソックスが流行した時期がそのあたりって本で読んだような」

ぽろっと言ったら、３人ともが天井あたりを見つめて何か物思いにふけっている。

「ルーズソックスにミニスカであの容姿……むう。天然物の美少女の気配が……」

「沙季さん、おうちにアルバムとか、ないんですか？」

「さ、さあ。どうかなぁ。あ、あははは」

珍しく綾瀬さんが額に汗をかかんばかりに焦っていた。うかつにアルバムがあるなんて言ったら、見せてくれって言われそうだ。

まあでも、どうやら綾瀬さんは事前に、ふたりに俺たちが義理の兄妹だと打ち明けることはできていたようだ。そして特に何かわだかまりが生じたようでもない。それはよかったと、俺は自分のことではないけれど嬉しかった。

ちなみに俺も吉田には言っておいたが「ほーん？」とだけ返された。それだけだったので、かえって拍子抜けした。もしかしたら、俺たちは友人に恵まれているのかもしれないな。けど、他のクラスメイトたちも同じとは限らない。親父と亜季子さんのいちゃいちゃは思ったとおり大注目されていた。だからこそ、こうして委員長も佐藤さんも盛り上がっているのだし。

過度に隠すのはもうやめにしようとは決めたけれど、俺と綾瀬さんの関係が何か波紋を引き起こすのだとしたら、文化祭が終わってからだろう。

委員長が綾瀬さんに向かって言う。

「なるほど、だから沙季ぽんと浅村は仲良しこよしさんになったのだね。なんか、春先は妙にぎこちない感じで、目も合わせないから勘ぐっちゃってたよ」

委員長に言われ、綾瀬さんが「勘ぐる？」と首を傾げた。

「思春期にありがちな。ほれ、告白したけどフラれたから気まずくなった、とかそういう恋愛的なアレでもあったのかなーって」

「っ！　ち、ちが――」

「まあ、年頃の男女がいきなり兄妹になったら、そりゃ、ぎくしゃくもするかー」

確かにその通りなんだが。

たぶん委員長の考えてる展開とはまるきりちがう。そもそも、兄と妹になったのは春先じゃないし。そうか、昨年までは俺と綾瀬さんは学校ではほとんど会ってなかったから、そう思うのか。

「わ、わたしもその、パラワンビーチで待ち合わせしてたのが浅村さんって思ってて」

佐藤さんが消え入るような声でそんなことを、ってなぜそれを。

「だから、あのあともしかして、わ、わかれ……でも、真綾さん何も教えてくれないし」

「えっ、なにその話、詳しく！」

いやそれも俺だけれども。

「だからですね」

「うんうん」

「ストップ！」

綾瀬さんがふたりの口に手を当てて止めた。それから左右をきょろきょろ。

幸い、カジノが大盛り上がり中のようで、バックヤードの隅っこで盛り上がっている俺たちは放っておかれていたけれども。

「うーうー」

「もぐぐ」

委員長と佐藤さんが目を白黒させている。

「もう、なんで本人の目の前で本人を無視して盛り上がってるかな」

「ぷはっ。なによ、沙季。これからいいところなのに」

「よくない。今度、今度ゆっくり話すから、その話はいまはなし！　ほら、お店が忙しいんだから」

「ちっ。こんなときだからだよ」

「こんなときに正論魔女め」

委員長がはあと息を吐いてから、眼鏡をくいっともちあげた。

「まあ、今は文化祭に集中しますか。あと1時間もないし。がんばろー」

おー、と言いながら佐藤さんが控えめに腕を上に突き上げて委員長の檄に付き合った。

その横で綾瀬さんがやれやれと胸を撫でおろしている。

文化祭の一日目が終わろうとしていた。

廊下に出していた看板を教室内に引き入れる。学校に据え付けられたスピーカーがガリガリと音を立ててから一日目の終わりを告げていた。廊下にはもう外部の人は歩いていない。通り過ぎる他クラスの生徒たちが、俺たちの店の中を覗いては興味深そうな顔をして歩いて行った。あの中に明日来てくれる人がいるかもしれないな。

廊下からの視線を遮るように扉を閉めようとしたところで「浅村」と声を掛けられた。

「丸か。……と、奈良坂さん」

ふたり連れだってやってきた。このふたりが一緒とは珍し——くもないか、そういえば同じクラスだったな。

「ようやくこっちも一段落したんでな」

「あー、ごめん。いま、終わったところで」

「構わん。挨拶に来ただけだ」

「そーそー。ねね、沙季はいる？」

俺は振り返って店内を見回した。ちょうどバックヤードから顔を覗かせた綾瀬さんと目が合う。手招きをする。それから半身になって廊下へと視線が通るように体をどけると、綾瀬さんにも奈良坂さんたちが見えたようだ。小走りになってやってきた。

「真綾！　ごめん、もう閉まっちゃってて」

「よいよい。わたしは沙季のその姿を見に来ただけだし」

言いながら、奈良坂さんは執事姿の俺とメイド服の綾瀬さんを交互に見る。顎に手を当てて何やら納得していた。

「なぁにこんなとこで立ち話してるのかなー。おう、奈良坂美少女じゃんか」

「あ、委員長。おひさ～」

なんで委員長って、他クラスの生徒にまで『委員長』って呼ばれてるんだろう。

そして美少女と呼ばれて動じない奈良坂さん。強い。

委員長が、入り口で話してると片付ける人が困るから、教室の中で話していいよと言ってくれた。

丸と奈良坂さんを綾瀬さんといっしょにバックヤードに退避させる。

俺は「本日は終了しました」の札を扉の外側に貼り付ける。俺と綾瀬さんは接客班なので、本日の担当分のお仕事はこれで終わりである。委員長にも接客MVPだからと片付けも免除された。なので俺も丸に挨拶しておくかと幕の向こうに行ってみたのだが。

「おう、浅村。おつかれ」

「丸は今日はどうしてたの？」

「うむ。俺は一日クラスに居た。企画した手前、うまくゲームが進むか気になってな」

丸のクラスは丸が企画したという脱出ゲームだったっけ。ってことは一日中張り付いていたってことか。

なんて思っていると、奈良坂さんがスマホを取り出して、おそるおそるといった感じで綾瀬さんに向き直った。

「えっとさ。その……嫌だって知ってるけど、写真、撮っちゃだめ？」

一瞬、顔をしかめた綾瀬さんだったけど。

はっとした顔になってから、「いいよ」と言った。

「そっか、やっぱだめかぁ……えっ、いいの!?」

「うんまあ」

奈良坂さんがスマホを持ち上げて万歳した。

「やた！　ねえ、浅村くん、沙季と並んで！　並んで！」

「えっ、俺も？」

「沙季が写真撮影ＯＫしてくれるなんて盆と正月がいっぺんに来たくらい珍しいんだよ。この千載一遇の機会を逃したら、次は76年後かもしれないよっ」

ハレー彗星並みの珍事にされていた。

「でも、綾瀬さん、いいの？」

綾瀬さんがうなずいた。

「もう写真、大丈夫。むしろ今は残しておきたい」

そういうことなら少々恥ずかしいけど俺も協力するか。奈良坂さんもにこにことしてて嬉しそうだ。まあ、高校時代の思い出の写真が一枚もないってのも寂しいかもしれないしな。それでも綾瀬さんが嫌だって言ってたから我慢してたんだろうし。

ぱちり、とシャッターを切る。いや、今だとスマホだから、メカニカルなシャッター音はスマホが疑似的に鳴らしてる音だけれども。

――そうだ。

「奈良坂さんと綾瀬さんも並んでくれれば俺が撮るよ？」

そう提案してみる。

「いいの？　撮りたい！　撮って！　お願い！」

スマホを渡される。

「はいはい。じゃ、そっちに並んで」

「ほら、トモくんも！」

「お、俺は別にいいぞ。おまえと綾瀬が――」

「照れんな。それとも、トモくんは私との写真が残るのヤなのか～？」

「そういうわけでは……」

奈良坂さんの上目遣い、破壊力高いな。奈良坂さんがぐいっと腕を引き、右腕に綾瀬さんを、左腕に丸を抱き寄せた状態で「撮ってー」と言った。

「じゃ、撮――」

撮るよ、と言おうとしたところで、ひょいとスマホを取り上げられる。

「なあにやってんだよ。おまえもそっちだろ」

吉田だ。ほれほれと手で追い払われ、俺は綾瀬さんの隣に並ばされる。えっ、俺も写るの？　絶対に邪魔だろうと思ったのだけれど、綾瀬さんが何も言わないので、しかたなく俺は彼女の隣に立った。執事服姿で。

ふと、いつかの綾瀬さんの言葉が心を過る。

『素晴らしいものが過去に確かにあって、私は、それが時間を止めて保存されているように感じるんだ』

古い建築物が好きだという綾瀬さん。

『写真も同じはずでしょう？』

ああ、そうだな。

永遠はどこにもないけれども。

それでも、確かにそれがそこにあったという真実が消えるわけじゃない。

スマホが立てるシャッター音を聞きながら、高校最後の文化祭をこの４人で迎えられたことを俺は死ぬまで忘れないだろうな——って、そう思ったんだ。


その夜。

家に帰宅した俺たちは、待っていてくれた親父と亜季子さんに夕食のとき、あらためて接客姿を「良かったよ」と褒められてしまった。

綾瀬さんはＬＩＮＥを通して奈良坂さんから送られてきた写真を見せた。

それでまた、ひと盛り上がりする。

食事が終わって、ひと足先に綾瀬さんがお風呂に入り、俺が自分の部屋に戻ろうとしたときに亜季子さんから呼び止められた。

.5
1
2x

そして軽く頭を下げられて慌てる。

「あの子が楽しそうに学校に馴染めていて、ほっとしちゃった。ありがとうね」

「あ、いえ。俺はなにも」

亜季子さんが小さく首を横に振る。

「きっと悠太くんのおかげ」

それに、と付け加える。今後は写真を撮ってもいいと沙季が言ってきた、と。これからは思い出をたくさん写真で残していきたいと思っている、と、嬉しそうに亜季子さんは語った。

綾瀬さんは乗り越えたんだな、となんとなくそんなふうに俺は感じたんだ。

亜季子さんの嬉しそうな表情と「これからもよろしくね」の言葉に俺はうなずきを返したのだけれど。ほっとするとともに、もしかしたらこの笑顔を壊してしまうかもしれないことを、俺と綾瀬さんはしているのだと、あらためて考えさせられてしまった。

そうはしたくない。だからこそ考えなくちゃいけない。

明日は、俺と綾瀬さんが恋人として過ごす高校最後の文化祭だ。

悔いは残したくない。だから俺たちは文化祭デートをしようと決めている。

でも——俺はまだ「乗り越えられていない」とも感じる。何を、という部分が自分自身にも見えてないのがさらに問題だけれども。

部屋に戻り、単語帳を捲りながらも俺は考えてしまう。

あの日、親父が帰ってこなかったら、俺たちはもっと先まで進んでいたんだろうか。

手が止まり、ふと机の上に視線を落とせば、委員長謹製『接客マニュアル』が目に入る。

接客にはマニュアルがあるのに、恋人付き合いにはない。

それらしいものはあるかもしれないが、だからといって、不測の事態が起きないとは限らないのが現実というオープンワールドゲームなわけでもあるのだが。

ひのきのぼうでドラゴンと戦わされる勇者の気分だった。

新しい物の見方に触れるのが好きな俺ではあったけれど、いざ自分が未知の領域に踏み出していくとなると、こんなにも頼りなく感じるものかと思う。

それでも――。

新米恋愛冒険者にとっては、前へ進まないかぎり、このクエストはクリアできないものなのだろう。

## ●10月10日（日曜日）浅村悠太

文化祭2日目。水星高校の門をくぐっただけでお祭りに浮かれる空気を感じる。

久しぶりの快晴で雲ひとつない青空の下、あちこちに張り巡らされた万国旗がようやく秋めいてきたことを告げる風に吹かれて揺れていた。

ゆるい坂を登って辿りつく校舎の手前でいちど立ち止まり、さてどこから観て回ろうかと綾瀬さんと相談する。

一階から順に観てまわる。やはり定番のお化け屋敷と喫茶店が多い。食べ物は火を使えないからホットプレートや電子レンジで温められるものが限度だが、それでもクレープやジュースだけではなく、ベビーカステラなんてものもあった。

「カステラは考えてなかったなぁ」

「おいしい。うちの店でも、こういうのを出しても良かったね」

もしかしたら昨年とか一昨年にもあったのかもしれないが気づかなかった。昨年まではあまり熱心に文化祭をまわっていなかったから、気づきようもなかったのだけれど。

さすがに人が多い。駅からほど近い学校という立地の良さもあるのだろう。一般のお客さんの数も日曜日とあって増えているようだ。

出し物の種類も昨年よりもやや増えている感じがした。

展示だけで済ませているクラスもあったが、ひとつ、興味を惹かれた展示があった。

体育館にドローンを持ち込んでクラスメイトたちのダンスや球技を色々な角度から撮影する、というものだった。これが意外と面白い。見慣れているものを見慣れていない角度から見るだけで、印象が変わるのだ。教室内にスクリーンを設置し、延々と動画をループさせているだけという簡素な展示だがアイデア賞をあげたい。

文化祭といえば文化系クラブの発表の場でもある。

特別教室棟とも呼ばれる、校舎と平行して建っている第二校舎では物理部がロボットを展示していたし、化学部はカラフルな化学の実験を行っていた。天文写真や化石の展示なんてものもあった。部室棟では茶道部がお茶を点てていた。

綾瀬さんが行きたがったのだけれど、残念ながら混んでいて入れそうになかった。

美術室では美術部員の力作が飾られていて、偶然なのだろうけれど、フルイドアートもあった。流行っているのかな。綾瀬さんが眺めていると、部員のひとりがやってきて、展示の端に添えてある二次元コードの存在に気づかせてくれる。どうやら美術部は、作品を写真に収めてインスタでいつでも閲覧できるようにしているらしい。

「こういうの、興味ありますか？」

「ええ。最近ちょっと……」

そう綾瀬さんが答えたら、近々で開かれるという展示会の幾つかを教えてくれた。その部員さんも好きなのだろうか。

体育館で吹奏楽部の演奏をすこし聴いてから校舎にまた戻ってくる。

喫茶の出し物で焼きそばを食べた。腹ごしらえを済ませると、俺と綾瀬さんは丸と奈良坂さんのクラスへと乗り込んだ。

タイミングよく、ちょうど空きがでたところだという。脱出ゲームに参加させてもらうことになった。

4人から6人が組んで回るらしい。

教室内は4つに区切ってあって、ひとつの部屋を制限時間内に謎を解いてクリアすると次の部屋に行ける。解けなければそこで終了で、「残念賞」と書かれたカードをもらって廊下に出されることになる。泣いている子猫のイラストがかわいい。これはこれで解けなくてもこのカードだけで許せてしまえそうだ。

俺と綾瀬さん以外には他校の生徒らしい男子ふたりと女子ふたり。

簡単に挨拶し合って、ナビ役の生徒が説明を始める。奈良坂さんだ。俺たちが参加するからって配慮してくれたのかな。

「では、こちらのキャラカードをお配りします。全部で8人いますから、この中から好きなのを選んでくださいね」

いつもよりも丁寧な話し方をしていた。

配られたカードを見ると、キャラクターの名前とともに職業が添えられている。

「考古学者」「ジャーナリスト」「好事家（ディレッタント）」「警官」「医者」「エンジニア」「探偵」「冒険家」

……ううむ。

ちょっと宇宙的恐怖じみた事件が起きそうで怖かった。

よく見ると、キャラクターのカードには「ヒントチャンス」という項目がある。どうやら、謎に詰まったときには1人1回だけヒントがもらえるらしい。俺たちの組は6人だから、ここから4人を選ぶわけだ。

綾瀬さんは「考古学者」を選び、俺は「好事家」を選んだ。

「なに、それ？」

「高等遊民って言葉、知らない？　お金に困ってないからって、好きな読書や研究をして過ごしてる人のことだよ」

浅村（あさむら）くんみたい、と言われたが、俺は別にお金持ちってわけじゃないんだけどな。

「さて、状況をお話ししますね」

奈良坂さんがすこし声のトーンを抑えつつ話し始めた。

「みなさんが今いる場所ですが……。ヨーロッパの隅っこにあるとある古いお城です」

いきなりの外国設定だった。

「あ、面倒なのでお互いに呼び合うときは、みなさん自身の名前とか仇名（あだな）でけっこうです。

とにかくここは古いお城で、みなさんは様々な理由でこのお城に訪れました。まあ、面倒なので観光ツアーだったことにしましょう」

そして奈良坂（ならさか）さんによれば、城に入った途端に、雨が降り出し雷が鳴り響き道路は土砂崩れがあって封鎖され——まあ、ようするに出られなくなったと。それだけではなく、実はこのお城では一週間ほど前から行方不明者が出ているらしいとわかる。

その消えた人たちはいまだに見つかっていない。

「色々あったあげくに、みなさんはお城の地下まで追い詰められてしまいました」

さらりと、いきなりクライマックスに放り込まれる。

「というわけで、謎を解いてお城から脱出しましょう。最初のお部屋は——」

そんな感じで始まった謎解き脱出ゲーム。ゲーム好きの丸（まる）が企画・立案しただけあって、これがけっこう本格的だった。最初の部屋こそ、ちょっとしたなぞなぞを解けばＯＫだったのに、２つめ、３つめの部屋は制限時間いっぱいまで頭を絞ってようやく解けたくらいだ。

そして４つめの部屋。

ここまで来たらクリアしたいところ。

ちなみにストーリー的にはどうやらこのお城に過去に住んでいた貴族は「宇宙の真理」を探究していたらしい。そして当主であったその貴族は「遂（つい）に見つけた」との書き置きを残して姿を消してしまった。

最後の部屋には扉がひとつ。どうやらその扉を開けねばならないらしい。

失敗すると、部屋にいる全員が星辰の彼方へと放り出される——って、それって宇宙に放り出されるってことなんじゃ……。

「丸のやつ、安手のパルプＳＦホラーみたいな話をもってきたな……」

そして、最後の扉にはこう書いてある。

『真実の愛を込めて壺を捧げよ』

壺ねえ。

ううむ、と考える。

そして、待てよ……と、違和感を覚える。

「この扉っていう設定になってる壁。なんで黒縁に真っ白なんだろう？」

「なにかおかしいの？」

と、これは綾瀬さん。

「扉っぽくするなら、少なくともノブみたいなものがあるべきじゃない？　それになんで真っ黒な長方形の上のほうだけ四角い白い画用紙を貼ってるんだろ」

「窓のついた扉を表してるんじゃないの？」

「でも、じゃあ、なんでその画用紙のところにちょうどライトが当たるようにしてあるんだろう……」

俺たちが開けなきゃいけないとされている扉は、身長ぐらいの高さの真っ黒な長方形の垂れ幕が掛かっていて、頭の高さのところに白い画用紙が貼ってあった。そして、俺たちの背後からライトが照らされている。そのせいで最初は何かヒントでも書いてあるんじゃないかって画用紙に近寄ってみたけれど、自分の頭の影のせいで見づらいったらなかった。

まあ、寄ってよく見てみても、真っ白で何も書いてなかったんだけどね。

……正直、これをノーヒントで解けってのは無茶じゃないか？

さて、どうするか。

「ええと、もうわたししかヒントもらえないんだっけ？」

綾瀬さんが言った。

「ここまでで使い切っちゃってるからね」

ポーカーでもそうだったけれど、綾瀬さんはぎりぎりまで手札を温存するタイプらしい。

「じゃ、もう時間ないし。使うね。『考古学者』のこの『ヒントチャンス』ってのを使いたいんだけど」

綾瀬さんの宣言に、奈良坂さんがシナリオが書いてあるのだろう冊子を捲る。

「うーんと、ですね。この部屋の中にあるいちばん古いものにヒントが隠されています」

「古い物……？」

他校の生徒らしい女子ふたり組のひとりが「あ、さっき見た」と言い出した。入ってきた垂れ幕の近くにある学習机の上に近寄る。

「ほら、これ」

「おもちゃのチップじゃん」

男子生徒のほうがなんだという顔をするのだけど、チップを手にした女子がそのプラスチックの黄色いチップをもってきてくるっとひっくり返した。

「ほらここ」

なんと、裏に「とっても古い硬貨」と小さな字で書いた札がテープで貼ってあった。

「……だって、ヨーロッパの古銭なんて手に入らなかったんだもん」

奈良坂さんが口を尖らせる。

……うんまあ、俺たちふつうの高校生だしね。

しかたない。乗ってやるか。

「それはかなり古い硬貨ですね。どうですか、アヤセ教授。なにかわかりますか？」

「えっ！　ええと……？」

戸惑いながら綾瀬さんは奈良坂さんのほうを見る。

「うん。じゃあ、ヒントを言うね。その古い硬貨はこの国の初代王妃の横顔が刻印された硬貨でした。以上！」

全員が頭を抱えた。

さっぱりわからない。

横顔とか言われても。いったいこれが何のヒントになるんだ。

「はい。あと2分でーす」

横顔、横顔、横顔、横顔……。真っ黒な扉。頭の高さにある白い画用紙。背後から照らされている照明。でも画用紙には何も書いてなくて、近寄っても自分の頭の影が映るだけ。頭の、いや顔くらいしか映らないか。顔、顔、顔……横顔……うん。なんかいま。

「あ……あれか。ルビンの壺……」

綾瀬さんを含めた5人の視線が俺に集まった。こっちを見つめてくる。

「あと、1分でーす」

正解かどうかわからないけど、まあ、もうこれくらいしか思いつかない。

「綾瀬さん、ちょっと付き合ってくれる。ええと、その辺に立って」

扉に向かって横向きに立たせる。ちょうど照明が当たって綾瀬さんの横顔が画用紙に落ちるように。そして綾瀬さんの前に鼻先をつけるくらいの感じで俺も向き合って立った。

身長がちがうから、俺の方がやや屈まないといけなかったけれど。

そうすると、俺と綾瀬さんが向き合った横顔が画用紙に落ちる。

見つめていた4人がいっせいに「あ」と言った。

「えっ、なに？」

綾瀬さんが顔を横に向けてしまうが、そうすると見えなくなっちゃうんだよな。

「こっち向いて綾瀬さん」

向き直させてからスマホで写真を撮って、それを見せる。

「なに、これ」

「わかりにくいから説明はあとでね。でも、理屈としてはこれでいいんでしょ？　奈良坂さん」

そう問いかけると、にやりと笑みを浮かべた。

「正解！　はい。『真実の愛を込めて壺を捧げよ』達成です！　扉が開いて、みなさんは古城を脱出できました！」

やった、と歓声があがった。

ただ、綾瀬さんだけは何が起こったのかよくわかってない。俺はもういちど写真を見せながら解説する。

「『ルビンの壺』って知らない？　騙し絵みたいなものなんだけど、この写真の影のほうじゃなくて、白いほうに注目してみて」

俺は写真の輪郭のところをなぞりながら説明する。

「ほら、こういう形の壺に見えない？」

何度か目をしばたたかせつつ見つめていた綾瀬さんも「あ」とつぶやいた。それを確認してから俺はスマホで検索して実際の『ルビンの壺』を見せる。正直、その場にいる人間の顔を向き合わせて作った影絵じゃ、そこまできれいな壺には見えるわけがない。

ただ、謎解きとしては理屈が合っていれば良いはずだった。

次のグループが入ってきそうだったので、奈良坂さんに促されて俺たちは「脱出成功」のカード（猫が万歳している絵が入ってた）と、景品として缶ジュースをもらった。

教室から出るときに丸が挨拶にやってきた。悔しそうな顔をしていたけれど、俺だって解けたのは偶然なのでそこまで自慢はできない。

まあ、仕掛け人の丸にしたって、脱出者がゼロの脱出ゲームではあとあと文句も来るだろうし、そこそこ解けた挑戦者が出るのは大事だろう。

俺たちも楽しめたのでよかったと思う。

「で、これ、どこで飲もう？」

奈良坂さんにもらった缶ジュースを掲げる。

「ちょっと疲れたよね。どこかで休みたい」

「休める場所かぁ」

校内にある『休憩室』は文化祭期間中は使えないはずだ。たしか家庭科部が出店を出している。中庭のベンチ——という手もあるけれど、昼休みに丸と会ったときにも感じたことだが、あそこは人気スポットだから座れるとは限らない。といって、自分たちの教室に戻るのも悪手な気がした。みんなの邪魔になるかもしれないし。

そしてふと思い出したのが昨年の文化祭のことで。

「あそこはどう？」

綾瀬さんに提案してみる。

特別教室棟の非常階段の一番上。

文化祭の喧噪（けんそう）からもっとも遠い場所としてそこを選んだのは昨年だ。

あそこなら今年もゆっくりできそうな気がする。

綾瀬さんも賛成してくれたので、景品の缶ジュースを片手にして俺たちが訪れたのは、昨年も世話になった場所だった。一年前は風が冷たかったけれど、今年はまだそこまで冷えてきていない。

生徒たちのざわめきが俺たちのいる最上階のこの場所まで立ち昇ってくる。かすかに聞こえてくるのは有志を募って参加しているロックバンドの音楽だろうか。それとも軽音楽部のものか。軽やかな音は、そろそろ暮れかけている空へと溶けて消えていった。

「浅村（あさむら）くん、ほっとした顔をしてるね」

綾瀬さんに言われて、俺は苦笑してしまう。実際そのとおりだ。ほっとしている。

恋人同士として文化祭デートをしたのは、昨年に比べると変化したところなのだけれど、それでも人混みが苦手で、こういう人気のない場所のほうが落ち着くっていうのは変わっていない。

変わることもあれば、変わらないこともあるねと笑い合い、景品でもらったジュースを飲んだ。

太陽の残滓が赤い光となって雲を照らしている。

オレンジの空がゆっくりと藍色へと変わっていく。

ガリガリ、という音がスピーカーから聞こえたと思ったら、水星高校文化祭の終了を告げる放送が流れ始め、外部からのお客さんたちを誘導している。あと三十分もすれば、一時的に校門が閉ざされてしまうのだった。

その先は水星高校生徒だけのお楽しみ。キャンプファイアーが待っている。

「参加してく?」

俺が問いかけると、綾瀬さんはうなずきを返した。

「せっかくだし。私は浅村くんと踊ったっていう想い出がほしい」

「じゃあ、いったん教室に行って後片付けを手伝おうか。ここで1時間近くも待ってると体が冷えちゃいそうだし」

「そうだね」

　そういえば昨年は温かい飲み物を買って飲んでたのだけど、奈良坂さんのくれた景品は冷えた缶ジュースだった。

　教室に戻ったら「あれぇ。どした？」と委員長に驚かれた。無理もない。俺も綾瀬さんも今日は完全に手伝いから除外されてたし、まさか片付けの手伝いにわざわざ来るなんて思ってなかったのだろう。

「時間つぶしだよ」

「ああ、そうか。ふたりともキャンプファイアーに参加してくんだね」

　委員長は察しがよかった。

　やがて空は藍色に染まり、校庭に櫓が組まれて火が点けられる。

　水星高校の歴史的には過去のある時期、危険だからという理由でキャンプファイアーが中止になっていた時代があるらしい。それを復活させたのは先々代の生徒会長だったというから、過去の生徒会長に感謝である。

　生徒たちが集まり始めたので、俺と綾瀬さんも列に加わる。

　やがてスピーカーからダンス用の音楽が流れ始めた。

　知っている曲が流れてくれれば良かったのだけれど、どうやら小学校時代の付け焼刃のフォークダンスミュージックではなさそうだ。見よう見まねでやるしかない。

「もっとお互いの体を寄せるみたいだよ」

綾瀬さんに言われて俺は彼女の身体を引き寄せる。ステップはだいぶいい加減だけれども、辛うじて周りから浮かないくらいには踊れていた。

「こんな堂々と密着していたら、私たちどう見えるかな。兄妹？　それともやっぱり恋人に見えるのかな？」

「どうだろうね。どっちもあり得るような気もする、けど」

綾瀬さんの問いに口では答えていたけれど、正直、冷静に答えを考えている余裕なんてなかった。

先日触れ合った綾瀬さんの素肌の感触を思い出してしまっていたから。

胸のふくらみや腰の密着を感じながらも、お互いにお互いの心地良いリズムで動き続ける。遥か昔、祭りの踊りは男女の相性を測るためのものだった、という嘘か本当かわからない説があるけれど。もしそうだとしたらけっして自分たちの相性は悪くないんじゃなかろうか。そんなことも思ったりする。

フォークダンスの輪が炎の周りを回る。

くるくると男女が立場を入れ替えながら手を繋ぎ体を寄せ合って踊っている。
1、2の3。ここで手を繋いだまま身体を入れ替える。彼女を輪の内側に、俺は輪の外側に。そのまま体を揺らしながら互いの腰をくっつけあうようにしてステップを踏む。
パートナーチェンジのないダンスだから、俺と綾瀬さんは、密着したまま炎の周りをずっと踊りつづけた。

　これだけ暗ければもしかしたら誰が誰と踊っているのかなんてわからないかもしれない。ただ、そのとき俺は思った。心の奥のどこかに、誰かに見つかってもいい、むしろ見つかってほしい、という気持ちがあるのかもしれないな、と。俺たちの関係をもっと先へと進めたいから。

「兄妹、恋人。どっちにも見られるかもしれないけど。俺は……恋人がいい」

「……うん」

　素肌に触れて、触れられて。互いの体温を交換し合って。あのときのふたりのあいだにあったのは、危惧していたような下品な欲望の発露なんかではなくて、確かな愛情の確認行為なのだと嘘いつわりなく信じられた。実際に素肌に触れ合ったことで初めて理解できたのだ。

　いまだってそう。密着しながらも、下品な欲望に支配されたりなんかしていない。

　だいじょうぶ。俺はきっと綾瀬さんを大切にできるし、綾瀬さんも受け入れてくれている。だから、自信を持って前に進もう。恋人レベル1から、レベルアップしていこう。

　風に煽（あお）られて中央の櫓（やぐら）から火の粉が黒い空へと舞い上がる。

　炎の熱に照らされた綾瀬さんの頬（ほお）が赤く輝いていた。

# ●エピローグ　綾瀬沙季の日記

9月24日（金曜日）

久しぶりの日記が、よりによってこんな内容になってしまうとは。

いまから書こうとしていることを思い浮かべると、私は本当に文字としてこれを残して良いのだろうかとためらってしまう。

でも自分の考えていることを言語化しておかないと。

自分のことなのに自分でわからなくなりそう。いやもうなってるのかも。

真綾にも言われた。アホになったって。あれはひどい。なんてこと言うんだ。ひどいと思う。思うんだけど、その一方でなんとなく納得している自分がいる。

だって、最近の私は勉強の合間にそのことばかり考えている。

彼と『愛し合う』こと。メリッサの言った言葉が耳を離れなくなった。

あんなにはっきり言われて、意識しないなんてむりだ。

男女のそういう行為を想像しては……うわああ、ってなる。なってる。

いままさにそう。

うわああ。

ええい、冷静になれ、綾瀬沙季。

でも気を許すと、そういうことを考えてしまう。

彼の手。女の子の手とちがって硬くて大きくてっていう、あの感触を。抱きしめ合ったときにもわかる肩幅の広さ、胸板の厚さと硬さ。それなのにふわっと抱きしめてくれる。

私が痛くないように。

うわああ。

……私はなんで延々と彼の身体の感触について書いてるんだ。

そうじゃない。そうだけど、そうじゃなくて。

スキンシップを求めて抱きしめ合うだけで満足していたんだけど、今日は遂に……。

……よし。書くぞ。

彼のほうから言われた。

先に進んでもいいかって。

同じ気持ちだったんだって思った。

そして私たちは……抱き合っただけじゃなくてさらに深く触れ合うことができて。

思い出すだけで恥ずかしい。

やっぱり日記に残すの、やめようかな。いますぐ燃やすか破り捨てるかしようかな。

まあ、でも、再開するって決めたんだし。がんばってみよう。

10月9日（土曜日）

今日は文化祭の1日目。大変だったけどおもしろかった。

読売（よみうり）さんと小園（こぞの）さんとのポーカー対決は、読売さんが1位で小園さんが3位。

まあ最後の勝負に降りたからこその2位だった。

読売さんが自分の手を弱く見せているのは気づいていた。ただ絶対に勝てるような強い役でもない。私や小園さんがなかなかレイズしないのに気づき、それでも大きくはチップを増やさなかったのは、もし場に良い札が出たらあっという間に役で負けると思っていたからだ。

ということはワンペアで良い役だったのだろうと推測できた。

最初の場に出ている3枚が3・4・5だったのだから。それと組み合わせても強いワンペアとは言えない。手持ちにたぶん10以上の数字が2枚来てる。

と、そこまで推測して。

その場合の最強な役はAのワンペアを持っていること。つまり、4枚のうちの2枚が、たまたま読売(よみうり)さんに行った——というのが考えうる最悪のシナリオだった。だとしたら勝てない。私の手持ち札は2と5。その時点では5のワンペアでしかなかった。4枚目がJで、依然として私は5のワンペアのままで、もし最後の場の5枚目で2が来たとしてもAのワンペアには勝てない。5がくればスリーカードだけれど、場にはもう1枚出ているのだから、確率は低い。最高なのはAが来ること。そうしたらストレートだから相手が3カードでも勝てる。でも、4枚のうちの2枚のAがもう読売先輩の手の中にあるのだとしたら、5が出るよりもっと確率は低い。

と、ここまで考えたところで私は降りたのだった。

ところが最後の5枚目に来たカードがよりによってハートのA。

降りなければストレートが成立した。たとえ読売先輩がAの3カードだったとしても勝てたのだ。

大事なところで尻込みして勝ちを逃すような人間でもあるのだ私ってば。

勝負しないと読売さんのような強運の持ち主には勝てない……。少なくとも気合で負けちゃだめだって思った。

そのあとはメリッサと瑠佳(るか)さんが来てくれた。

ふたりともブラック珈琲(コーヒー)を砂糖もミルクも入れずに飲んでいて、おとなだなって思った。

それからお母さんと太一お義父さんが来た。

私は自分の母が浅村くんのお父さんと再婚したことを、委員長と佐藤さんに告白した。

とてもたくさんの勇気が必要だった。

それにより、血の繋がっていない男女が同じ屋根の下で暮しているというセンシティブな事実を伝えてしまうからだ。

私は、委員長や佐藤さんが真綾のように気にしないだろうとは確信できていなかったのだと思う。正直に言えば。

勇気が必要だった。私は頑張ったと思う。

それで、太一お義父さんたちは約束通りに来てくれて。

しかもお母さんったら、店で雇いたいなんてお世辞言ってくれたけれど。あれは言い過ぎだと思う。私はお母さんのように誰に対しても温かく振る舞える気がしない。

まあ、浅村くんなら……わかるかな。私よりもよっぽどお客さんのことを考えていると思うし。　お母さん、スーツを買ってあげたいとか言ってたっけ。

彼のスーツ姿。似合いそう。格好いいだろうな。

それから真綾と丸くんが終わり間際に来た。

あのふたり、ほんとに仲がいい。

4人で写真が撮れて、嬉しかった。真綾、初めは私が写真嫌いなことを知ってたからおそるおそるだったっけ。でも、私がいいよって言うとすごく喜んでくれた。

こんなに喜んでくれるなら、もっと早くにOKしてもよかったと、私はなんだか自分がすごく意地を張って損をしていた気分になった。

そういえばあのとき真綾って、丸くんをトモくんとか名前で呼んでたな。

浅村くんは気づいてなかったみたいだけど。

あんなに仲が良くなったんだ……。というか、恋人同士である私と浅村くんでさえ愛称で呼んでるわけじゃないのに。愛称かぁ。ゆうた、だから……「ゆーくん」？　それとも「ユウ」かなぁ。

って、なんでどういう愛称で呼ぼうかなんて想像だけで盛り上がってるんだ私は。

まあ、写真はこれからすこしずつ慣れていこうかなって思ってる。

明日は文化祭デートをしようって浅村くんと決めた。

楽しみ。

10月10日（日曜日）

文化祭2日目。

今日は浅村くんと文化祭デートをした。

ふたり並んで校舎内を歩きまわったし、クレープとかベビーカステラとか食べたし、ふたりで出し物を見てひやかしてまわって。

出店の喫茶店にも入った。ふたりで。

こんなにもあからさまに彼氏彼女のように学校で振る舞ってしまって、でも、そのことを気にしてたのも最初のほうだけだったな。

とくに誰かに何か言われもしなかった。

嫌な視線を浴びたという記憶もない。気づかなかっただけかもしれないけど。

そういえば美術部の展示にフルイドアートがあってびっくりした。流行(はや)っているんだろうか。部員のひとに展覧会もあちこちで開かれていると聞いてすごく興味がわいたけれど、さすがに受験生だからいろいろ観(み)てまわるのは春までお預けかな。

ちょっともったいない。

彼は今日もずっと私の歩調に合わせて歩いてくれた。

あのさりげない気遣いは誰にでも見せるものだと思うけれど、私は夢中になるとそれしか見えなくなるほうだから見習いたいなって思う。

彼と過ごす時間は心地いい。

これがずっとつづけばいいと思う。

でも同時に、やっぱりこれは永遠ではあり得ないのだろうとも思う。

瑠佳(るか)さんが言っていた。青さと熱さ。それをもう忘れてしまった、と。つまり高校生のこの一瞬にしかないことだと。いや、メリッサは今もあるって言ってたけど。

たしかにメリッサはいまだに熱そう。

それであっても。

永遠ではないだろう。

永遠じゃないからこそ、いまこの一瞬を浅村(あさむら)くんと後悔のないように楽しもうと思った。

写真を残そうと思ったのも、そういう理由があるのかも。いまを肯定できている、この瞬間だから残したいと。

でも、未来は、どうなるんだろう。

考えすぎると、堂々巡りしてしまう。

だってもし、「そういうこと」になって。

あれこれあって、そうなって、その結果として、いずれ訪れるだろう遠くない未来。

いまの私には想像することもできない未来絵図がある。

浅村くんが居て、私が居て、そしてもうひとり、私と浅村くんの間には小さな子どもが居るのだ。

そのときに、私はお母さんのように立派な母親であることができるんだろうか。

私にはそういう未来絵図を描くことができない。いまはまだ。

まあ、どっちにしても気が早すぎるか。

今日は疲れたし。寝る。

おやすみなさい、浅村くん。……いや、日記だけだし、ちょっと踏み込んでみようか。

おやすみなさい、悠太(ゆうた)。

# あとがき

小説版「義妹生活」第11巻を購入いただきありがとうございます。YouTube版の原作&小説版作者の三河ごーすとです。2024年7月、ついにTVアニメ「義妹生活」が放送されていることと思いますが、読者の皆様はもうご覧になりましたか？　まだ観ていないという方はぜひ観てほしいです。確かにそこで生きている悠太と沙季の姿が映像に収められていて、彼ら彼女らの息遣いさえ聴こえてきそうで、私自身、原作者であるはずなのに思わず心が思春期に戻って沙季に恋してしまいそうな実在感でした。もちろんもう大人ですし、作者の立場なのですぐに冷静になりましたが、読者の皆様には安心して沼にハマりこんでほしいと思います。

さて、この巻の内容につきまして。ここまで「義妹生活」を読んできた皆様は、もしかしたらとても驚いたかもしれません。この二人が、そんなことをするのか、と。又、一方で、そこまでしかしないのか、と思われた方もいるかもしれません。私はこのシリーズにおいて、「そういった展開」をただ消費のためのシーンとして描く気は一切ありません。誰かの期待に応えようとか、誰かを満足させようとか、そういった意図を完全に排して、ただ悠太と沙季という二人の人物と向き合って、寄り添って、二人がごく自然にそう在るように描こうと努めています。二人の人生が進んでいけば、自然な流れとして性的な接触が起こることも当然あるし、けれどそれは観測する誰かに見せるための行為ではないので、必ずしも満足のいく描かれ方であるとは限らないでしょう。私がお約束できるのは、二人の関係の変化や進展を絶対に雑には扱わないことだけです。そこについてだけは信用して、この後の二人の人生を見守ってくれたら嬉しいです。


それでは、謝辞です。Hiten さん、いつも素敵なイラストをありがとうございます。又、画集の発売おめでとうございます！　ＴＶアニメ化という素晴らしい局面を迎えられたのは、間違いなく Hiten さんのおかげです。Hiten さんの素晴らしい仕事に恥じぬよう、私も悠太と沙季を真摯に書いていきます。これからもどうぞよろしくお願いいたします。

YouTube 動画版でお世話になっている声優の中島由貴さん、天﨑滉平さん、鈴木愛唯さん、濱野大輝さん、鈴木みのりさん、ディレクターの落合祐輔さんをはじめスタッフの皆様や関係各社の皆様、担当編集のOさん、漫画家の奏ユミカさん、監督をはじめアニメ制作スタッフの皆様、すべての出版関係者の皆様。いつもありがとうございます。

そして何よりもここまで読んでくださっている読者の皆様に最大限の感謝を述べさせてください。以上、三河ごーすとでした。

沙季の様子がおかしい——。どこか機嫌が悪そうで、
けれど悠太が大丈夫かと問いかけても、
彼女は笑顔で「大丈夫」と答えるだけ。
秘密。共有されない悩み。
それは「すり合わせ」を良しとする
二人の関係では珍しいことで、
悠太は沙季の状態を心配する。
置き去りにした
過去と向き合い
※2024年7月時点の情報です。

2024年秋発売予定。

昔の自分ならどうすればいいかわからず、
適切なコミュニケーションを取れなかったかもしれない。
けれど今は一年以上もの時間を彼女と過ごしてきた経験がある。
〝兄妹〟が大人の階段を上る
彼女のことを知れた。彼女との関係を深めた。
今だからこそできる支え方もあるはずだと、
悠太は沙季のためにできることを実行していく。
恋愛生活小説第12弾。
悠太の成長と〝好き〟の感情、
はじめての家出、温泉旅行、
過去と対峙し成長する沙季。

『義妹生活』第12巻

# 義妹生活11

2024年7月25日　初版発行
2024年11月20日　3版発行

著者　三河ごーすと

発行者　山下直久

発行　株式会社KADOKAWA
〒102-8177 東京都千代田区富士見2-13-3
0570-002-301（ナビダイヤル）

印刷　株式会社KADOKAWA

製本　株式会社KADOKAWA


Printed in Japan　ISBN 978-4-04-683793-6 C0193



●お問い合わせ
https://www.kadokawa.co.jp/（「お問い合わせ」へお進みください）
※内容によっては、お答えできない場合があります。
※サポートは日本国内のみとさせていただきます。
※Japanese text only

【ファンレター、作品のご感想をお待ちしています】
〒102-0071 東京都千代田区富士見2-13-12
株式会社KADOKAWA　MF文庫J編集部気付「三河ごーすと先生」係「Hiten先生」係